U0044613

楚山

翊青 ——

著

夫用兵之道，
　攻心為上，攻城為下，
　心戰為上，兵戰為下。
　　　　　　　　　——孫子

1948年，冬。

中國與北朝鮮邊界一片孤寂的雪地上，中共特務吳正宇跪在生死之交的屍首前，他不是在默哀，他沒有時間默哀，他是在調整自己從悲痛中恢復平靜，等待自己回復鎮定。

過了大概10分鐘後，吳正宇認為自己心情沒有之前那麼激動了，他擦去臉上的眼淚，彎下身子緊緊抱住眼前的屍首，對著漸漸散去體溫兄弟說：「你一路走好，保佑我順利回到故土。」說完脫下自己身上的外套蓋在他臉上，狠心把牙一咬，站起來朝東南方開始跑。

跑了大約2小時，到了圖們江邊。

看著滾滾江水，只要過了圖們江一進延邊朝鮮族自治區就安全了。

以前從這個地方渡江已經有四次，令他擔心的不是兇猛的濤江；過往一行渡江的特務同志死了2個，一個是上岸前凍死，一個是在江裏被巨大的冰塊撞到胸口內傷致死；渡江只憑「運氣」。

老練的吳正宇轉身蹲下，朝後方靜靜得看了約有5分鐘，像一隻極度耐性的山豹，確定沒有朝鮮兵跟上，周圍沒有任何金屬的反光，他不想自己在跳入江水的那一刻吃上子

彈，他必須把能夠人為的運氣提升到最高。

　　脫掉背心，避免身體在江中會勾到樹枝阻礙自己流向對岸，再將皮帶解下，扣成一個圓圈，從背後套住兩邊肩膀，將兩個肩膀撐開，避免身體在溫度零下的水中僵硬而縮成一團。

　　都準備好後，在江邊較為隱秘的地方盤腿坐下，讓心思安靜、冷靜，讓自己的聽覺適應浪濤翻滾的聲音，直到自己完全平靜，然後掏出一個手掌大的鐵盒，從裏面拿出一個針筒，朝自己手臂注射下去。這一針可以讓自己的身體在零下的水中維持兩分鐘。

　　吳正宇覺得身體開始滾燙，全身如地獄般的烈火燃燒起來，直到難以忍受吼叫出一聲，以飛快的腳步沖向江邊跳入浪水，朝對岸使盡全力游去。

　　波浪太大、太猛、太狠，看不清前方，辨不出方向，感覺不出周圍撞來的是樹還是冰塊，一切全憑第六感，全憑……「運氣」。

　　在翻滾的江水上，吳正宇體內的化學激素超過沸點，熊熊滾燙著，同時被圖們江中翻滾的浪水一次又一次地吞沒，不時有巨大的冰塊和樹木跟著浪濤撞擊過來。

　　撞到哪裏都可以，絕不能撞到頭！這是經驗，撞到身體的疼痛可以忍，撞到頭部一失去知覺就會被圖們江澈底吞沒。吳正宇一直以自由式游法，低下頭，兩隻手臂在撥水同

時可以護住頭部。

　　吳正宇花了一分多鐘才在亂流的水中穩住自己的身體。在混沌中找到感覺，把頭伸出水面換氣再立刻潛入水中，盡快擺脫江面群魔亂舞的狂濤。可是水面下的急流立刻沖來一大塊冰擊中胸口，這力道就如火車頭般地撞上來。

　　吳正宇像隻落水狗一樣慢慢地爬上岸，把肺裏的瘀血儘量咳出來，然後倒在一旁不停地喘氣。一邊喘氣，一邊不停地打冷顫。

　　吳正宇以發抖的雙手，從褲子裏抽出一包密封緊實的塑膠袋，用牙齒狠狠得將它咬開，裏面有乾衣服和消炎片。

　　換上乾衣服，把消炎片吞下，又休息了半小時左右，才狠狠地朝東南邊的村莊走去。

朝鮮自治區裏一個不顯眼的村子。

　　吳正宇朝一個簡陋木屋的破門敲了幾下。一個披頭散髮不到三十歲的姑娘把門開，一看就是這個村裏幹粗活的農民。

　　「我是過路的，可以給我一點東西吃嗎？」

　　「我們家裏沒有吃的東西。」姑娘立刻把門關上。

　　吳正宇馬上伸手把門抓住，「那給我一碗水喝就好，喝完我馬上走。」

　　姑娘的門被吳正宇拉著關不上，只好無奈得讓他進屋。

　　吳正宇一進屋，姑娘立刻換了態度說：「李承順呢？」

　　吳正宇靜默了片刻，說：「犧牲了。」

　　姑娘一下沒再說話，兩眼都是淚水，趕緊轉身去燒熱開水，不讓吳正宇看到。

　　可是吳正宇還是看到了，慢慢地說：「他被朝鮮軍的子彈打中肺部，撐了半小時，無法再……」

　　「你有沒有受傷？」姑娘故意打斷吳正宇，不讓他再說下去。

　　吳正宇停了一下說：「有。」

　　姑娘把藥箱拿來，「傷了哪？」

　　吳正宇痛苦地把衣服慢慢脫下。

姑娘看吳正宇身上除了一些輕傷外，胸口有好一大片的瘀青，眼神一陣錯愕，「這是怎麼弄的？」

　　「在圖們江裏不知道被什麼撞到。」

　　「有吐血嗎？血是什麼顏色？」

　　「黑的。」

　　「我看看有沒有骨折，坐下。」

　　姑娘幫吳正宇做了全身檢查，包紮了幾處外傷，最後拿出針灸在他身上下針。

　　吳正宇：「在情報處受訓的時候，我們和李承順三個人感情最好，我以為我們可以一起看到全中國解放，想不到他比我們先走了，剛才過來的一路上，我想這樣也好！先走的先好，特務這種工作，根本不是人幹的，一次又一次在生死邊緣徘徊的感覺……」說到這裏，聽到身後哽泣，他轉身回頭看。

　　姑娘一巴掌朝他打過來，嚴厲得說：「不要忘了承順是為什麼死的！你現在說這種話對得起黨？對得起偉大的毛澤東同志嗎？」

　　吳正宇沒再說話。

　　姑娘低下頭，把臉上的淚水抹去。

　　吳正宇忍著不讓眼眶中的淚水滴下，輕輕得說：「婉俞，承順是我的兄弟啊！」

　　婉俞終於忍不住哭出了聲音。

吳正宇想要伸手去摸她的肩膀，可是太了解她不示弱的個性，便將自己的手輕輕放下。

　　婉俞平靜下來，帶著哭紅的雙眼說：「你必須走了！」

　　「我想多留一會。」

　　「不行，你已經待了快一個小時，鄰居會起疑心。往東南邊下一個村莊走去，那裏有人會接應你，安排你到南陽。」

　　吳正宇楞了一下，「組織要我回去？」

　　「上面有命令下來。」

　　「可是南朝鮮那邊的工作還沒結束……」

　　「上頭的計畫有變，南朝鮮那邊不要再動，組織考慮到你母親是廣東人，你會說廣東話，而且在南方沒有露過臉，打算派你回楚山開始潛伏香港的訓練，然後進入香港。」

　　吳正宇聽了沉靜一下說：「婉瑜，之前我跟妳說過的事，妳考慮的怎麼樣？我們一起向上級申請……」

　　「承順才出事，現在不是說這個事的時候。」

　　吳正宇沒有再出聲，默默轉身要走出門。

　　「正宇…」婉俞說，「一路小心！」

　　吳正宇點頭，吞下心中深深的不捨，踏出門口。

　　吳正宇、李承順、金婉俞三個人在楚山情報處同時受訓

2年，三個人剛進楚山訓練營的時候情同兄妹，之後又情同三角戀人。

4個月前，吳正宇和李承順以留學生的身份進入北朝鮮，表面上攻讀化學，實以收集南朝鮮邊防軍力的情報為目的。出發前吳正宇曾經向金婉俞表白，希望此次完成任務回來以後可以一起向上級申請結婚。金婉俞答覆他：「我會考慮。」

金婉俞不希望當下三個人可貴的革命情感和友誼產生變化。

吳正宇回到楚山後，花了3個月養傷，接著開始4個月的急訓。下個月他將南下廣州與當地的情報分部接頭，然後以商人的身份進入香港，他必須把自己是廣州商人的身份和背景掩飾得天衣無縫，同時把廣州當地與周圍的一切地理文化熟記。

吳正宇在楚山情報處訓練營學習香港當下流行的口頭用詞、通俗歌曲、政治局勢，百姓心態，經濟趨勢……等。這期間沒有機會再和金婉俞接觸過，他曾向上級打聽過婉俞，只聽說她在4個月前撤出了延邊北朝鮮自治區，調派南方，就再也打聽不到任何訊息。

如果到了南方，能見得到她嗎？

1949年底，蔣介石和蔣經國在飛機上跨越臺灣海峽，蔣介石朝窗外後方看了一眼，整片江山落入毛澤東手中，自己當下還有60萬兵馬，到了臺灣以後，要如何再與今生最大的對手周旋。

　　1950年初，中共中央情報局考慮到蔣介石當下在浙江、福建以及廣東沿海地區的島嶼皆暗藏兵力，中央又秘集兵力策劃越過鴨綠江與聯合國交戰，難守蔣介石在東南沿海的攻勢，於是調回暗藏在中蘇邊境和北朝鮮邊界的大批特工，安插在東南沿海竊取國民黨一舉一動。

　　當時的香港，由於它的政治環境與地理位置，在英國殖民的自由環境下，漸漸成為亞洲最大的情報交易點。雖然英政府不斷在香港撬開他國的情報聯絡站，但是香港與一百多個國家有免簽和落地簽的協議，也沒有與間諜相關的法律，間諜如果遭英政府逮捕多是驅逐出境，以致它的情報活動從未中斷。各路情報高手在此明爭暗鬥，大顯身手。迷霧重重下的香港與二戰時期的諜報戰場──里斯本、卡薩布蘭卡，齊名天下。

　　中國共產黨向國外購買的軍火主要經由香港進入大陸。國民黨情報人員也大多通過香港潛入大陸，陸路走羅湖口岸、皇崗口岸，水路則通過深圳蛇口，還有少數由金門潛水到福建或廣東上岸進入。

當下國民黨在香港的特務分為三派,有孫科為首的廣東派、孔令侃的孔宋家族、還有蔣經國主導的南方執行部。他們在香港大肆活躍,滲透的範圍從社會名流到販夫走卒。

香港。

　　一棟不起眼的房子內，共黨代號『黑蛾』的情報人員看著手上一張張的密件，都是從北方調派過來的特務名單，他們在這幾天內會一一進入香港向黑蛾報到。最後一張名單上的名字是吳正宇，黑蛾在腦中記下他的資料：1924年5月18日出生山東省煙臺，身高一米七五，外形壯悍，1940年在濟南入黨，入黨介紹人…………1944年進入楚山情報訓練營，能說山東話、廣東話、朝鮮話、俄語，熟電報發送、爆破、自由搏鬥、易容、暗殺……。組織考慮到吳正宇善廣東話又未曾在南方露過臉，適合潛伏香港。他進入香港的任務：一、滲入香港洪門嘗試連接國民黨高層獲取情報。二、接觸聚集在香港吊頸嶺的國民黨地下機構獲取情報。

　　黑蛾看完手上最後一張特務資料，將手中所有名單全部點上火，丟進一個鐵桶內，看它完全燒成灰燼後才站起來走出房子。

　　廣州情報分部的同志送吳正宇到寶安縣火車站，吳正宇上了通往香港的火車，腦子裏想著進入香港後所要滲透的環境：洪門在香港的人數大大多於青幫，雖然國民黨內以青幫人數居多，可是洪門和青幫有很深的淵源，所以國民黨特務在香港的活動常常聯合洪門執行。和香港的上線－黑蛾碰面

後，他會安排我滲入洪門。

　　吳正宇閉上眼將頭往後靠在火車椅背上，開始復習香港洪門的背景：洪門始於雍正十一年，由福建5個和尚創立，目的為反清復明，乾隆年間改稱「三合會」，孫中山搞革命的時候還借助過三合會的力量。香港的三合會多是廣東省過來的底層百姓，他們很少是正統的洪門弟子，多是地方黑社會假借三合會的招牌。由於三合會名氣過大，香港政府把所有黑社會的組織統稱「三合會」，警察局專門負責反黑的部門叫「有組織罪案及三合會調查科」。

　　香港另外兩個與三合會勢均力敵的黑社會組織是「新安公司」和「十四K」。新安公司是國民黨軍統少將「向前」所創立，1947年他把義安工商總會改名為現在的「新安公司」。「十四K」亦和國民黨有關，1949年國民黨軍統中將葛肇煌在廣州設立洪門組織，堂口為『洪發山』，廣州解放後，他率領人馬逃到香港，再赴臺灣歸隊，而部分留在香的人馬與當初廣州的創團同夥聯盟，進駐香港；「十四」來自發源地－廣州寶華路14號，K則是英文──國民黨（Kuomindang）縮寫的第一個字母。這些都是我日後要打交道的地方黑勢力。

　　火車不到1小時就進入香港，不到2小時就抵達香港火車站。

吳正宇已經事先被告知沒有人會來火車站接他，這是為了避開英國軍情六處和國民黨保密局的眼線。自己坐上黃包車到了報到的地方──香港一家不起眼的小旅館。雖然知道我黨的地下據點是在香港耀華街一家經營茶葉的「粵華公司」，最高指揮官是潘漢年同志，可是為了避人耳目，我不到耀華街，今後也不會與潘漢年同志有接觸，我只與我的上線黑蛾接頭。

　　但我是多麼希望能和潘漢年同志見上一面，哪怕只說上一句話也好。潘漢年同志是我黨在情報界的箇中高手，他和香港國民黨保密局、英國軍情六處、俄國國家安全局都交過手；1948年至1949年間他在香港還分批營救出國民黨要暗殺的350位民主黨人士到解放區，其中包括了沈鈞儒、郭沫若、李濟深等人。他只用了臨時成立的「五人小組」，憑自己精密的策劃完成任務，350人安全抵達，無人傷亡。

　　我將來一定要找機會和他見上一面！

　　黃包車停在路邊一家門上掛著「上海酒店」的小賓館，它的門面極小，吳正宇走進去，一樓只有一個小櫃臺，所有房間都在樓上，從外面看上去一共有4層樓，從櫃臺後面掛在牆上的房間鑰匙看來，這家旅館有二十幾個房間。

　　「後生仔！過夜還是計鐘？」一個操著濃厚上海口音的大媽說。

「過夜。」

「過夜6塊，明天早上11點以前退房。登記一下！」把登記簿推到我面前。

我登記好後，把通行證拿出來給她看。

「不用了。」上海大媽看都不看，把登記簿拉回去，「要不要小姐？」

「不要。」

「302，上四樓。」她把鑰匙交給我，繼續啃著瓜子，專心聽著留聲機的廣播節目。

吳正宇接過鑰匙，回憶在楚山集訓時候所了解的，香港是按英國制度，一樓稱為地面樓，二樓開始才算是1樓，三樓即是4樓。

我進了房間，看到房內放有一張單人床和一張小木桌，其餘就只剩下我一個人能站立的空間。

我躺在床上，沒有脫鞋。

2個小時後，有人來敲門，我打開門看，一個六十來歲的老頭，一身長袍，戴著黑框眼鏡，頭頂禿光，還有點駝背，「請問陳先生是不是住這間房？」

「你找錯了。」

「對不住！對不住！」非常不好意思地轉身要走掉，自言自語說著：「我的朋友從四川來的，我忘了他住幾號房？」

「四川哪裏？我岳父就住在四川。」吳正宇說。

「四川雅安。」

「這麼巧，我岳父也是雅安人。」

老頭擡起頭看著吳正宇，「是嗎？怎麼這麼巧！」

「雅安大棉路的再興茶行可是頂頂有名！」

「是啊！我只要到雅安都會去買他們的黃山毛峰。」

「他們的黃山毛峰這幾年斷貨了，不過六安瓜片還是賣的很好。」

「六安瓜片不錯！你可喝過安溪鐵觀音？」

「喝過。」暗號每一句的對應都正確，「進來喝杯茶聊聊！」

老頭進到吳正宇的房間，坐在椅子上，吳正宇坐床上。

老頭拿下眼鏡，一改之前萎靡的老態，頓時精神抖擻說：「吳正宇同志，歡迎你！」

吳正宇立刻站起來，雙腳合並，神情嚴肅說：「吳正宇，報到！」

老頭和吳正宇握手，「坐，我們坐下說。」

吳正宇見老頭坐下後自己才坐。

老頭：「我是黑蛾，你的上線。去年你在北朝鮮邊界的任務很成功，我早已耳聞。」

吳正宇臉色有點暗淡，「可惜犧牲了一個同志。」

黑蛾點頭，「我知道他是你老鄉，又是楚山同一期的

同志，你們必定有很深的革命情感，不過他不是白白犧牲的。」

吳正宇深深吸了一口氣，「是，他不是白白犧牲。」

「你在香港的代號是『楓葉』，你只接受我給的任務，也只向我匯報，一切都是直線聯繫，不會也不能有橫線聯繫，如果有特殊情況非要橫面聯繫，聯繫的暗語是『楚山』，你們都進過楚山情報訓練營，只是不同期。我們現在先離開這裏，我要你見一個人，再告訴你在香港第一項任務的詳細內容。」

吳正宇跟著黑蛾身後要走出客房，黑蛾說：「帶上你的行李，我們不會再回來。」

黑蛾帶吳正宇來到一個貧民區，走進一間破舊的小房子。

吳正宇看到一個和自己年紀與外形都相當的男子，從客廳的椅子上站起來立正。

黑蛾對吳正宇說：「這位是我黨在香港的同志，代號『鐵輪』，今後你就和鐵輪暫時住在這裏。」再對鐵輪說：「這位是今天剛到的楓葉同志。」

鐵輪和吳正宇相互面對，舉起右手行出軍禮。

「來，都坐下。」黑蛾說。

3個人一起圍著飯桌坐下，黑蛾從口袋掏出兩疊整齊的

鈔票，全是小鈔，分別放在鐵輪與楓葉面前，「這是你們在香港的活動費用，各100塊港幣，日後再需要的話我會提供。我在香港表面上的身份是海上走私集團的老大，主要走私軍火和鴉片，我的名字叫梁成棟，大家都叫我成叔，你們兩個人是我廣州過來的遠親，我看在我母親那邊的情份上，加上我也需要人手，才收留你們。你們從明天起就跟我到港口活動，我所接觸的環境都是三教九流，最常來往的是香港三大黑幫的三合會、義安公司、十四K。我與三合會走得比較近，這也是組織的意思，因為國民黨與三合會的關係密切。49年9月19日，前國民黨陸軍大學校長楊傑，也曾是蔣介石的心腹，他到香港後漸漸被我黨吸收，要北上出席我黨第一屆中國人民政治商會的前夕，遭保密局暗殺，當時保密局就利用三合會的人馬部署，才完成這個暗殺行動。

5天前，三合會幫主找我暗殺即將返港的前任幫主陳金華，陳金華是三合會第十一代幫主，2年前遭英政府通緝躲進深圳，由副幫主林廣三替任幫主的位子，上個月陳金華的案子已經由律師擺平獲無罪，他在近期內要回來重新接掌自己幫主的龍頭位，可是替任幫主林廣三不希望他回來，只要他一回來就要做掉他，但是不能由他的人動手，他不想背上叛逆之名，所以找上我。這是我們深入洪門的機會，我準備派你們兩個在陳金華回到香港的時候，在香港火車站刺殺陳金華。

第二天中午，吳正宇和鐵輪到碼頭與黑蛾會合，黑蛾開始教他們一些海上走私的作業，平時就和黑蛾開漁船到海上接一些鴉片回香港，偶爾也有軍火。

　　我平時和鐵輪共處一屋的時候話並不多，為了嚴守組織的紀律，我們互相都不會問對方的私事與過去，也不知道對方的真名。鐵輪煙抽的很兇，他坐在客廳聽留聲機的時候，總是一根接著一根地抽，幾天下來，我們只有聊到馬克思主義和社會主義的時候，會互相多說幾句，我知道他是楚山情報訓練營第三期，他也知道我是第二期的。其他時間，我不時懷念著婉俞。

　　第四天晚上，黑蛾來到吳正宇和鐵輪住的房子。
　　「陳金華會搭明天進港的火車於下午2點抵達香港火車站，我們12點到火車站觀察環境，陳金華一下火車就在月臺上動手。他有4個貼身手下隨行，4個都是在道上身經百戰的打手，身上應該都有武器。先盡快處理4個打手，再立刻做掉陳金華。你們打扮成普通的挑夫，可以帶刀，不能帶槍，必須做成是一般老百姓因為身體碰撞引起口角，再演升成肢體衝突的過失殺人。主要目標是陳金華，其他4個打手不要殺掉。幹掉陳金華後立刻跳下月臺順鐵軌往西北方向去，

不到一公里處在你們的左手邊有一排籬笆，翻過籬笆上大馬路，會有一部大卡車在路邊接應你們離開。」黑蛾拿出陳金華的照片接著說：「記住他的樣子，明天早上十一點半我過來接你們。」

吳正宇接過照片，看了幾秒後交給鐵輪，鐵輪也看了一下，掏出火柴，將照片放在煙灰缸裏燒掉。

黑蛾：「如果你們落入英國政府手裏，或是身份曝光，我黨將不會承認與你們的關係。」

「是！」吳正宇和鐵輪一起挺起胸膛說。

從事諜報工作之後，大家都甘心接受這種宿命。

黑蛾站起來要離開，吳正宇和鐵輪立刻起立立正。

黑蛾：「今晚好好休息。」

第二天早上，黑蛾準時11:30來到。

黑蛾在飯桌上拿紙筆簡單畫出動手地點的平面圖，把動手的細節說一次，與吳正宇和鐵輪在屋內一起待到十二點，3個人出門坐上三輪車，不到12點半到達火車站，在火車站裏裏外外熟悉地形，並觀察環境。

一點半，三合會現任幫主林廣三和身後3個手下進入火車站，他在陳金華將到達的月臺對面找了一個比較隱蔽的地方等著，他要親眼看見陳金華被殺才放心，萬一行動失敗，他會趕到對面去迎救陳金華，日後再用其他方法對付陳金華。

這時黑蛾看到三合會的現任幫主就在月臺對面，黑蛾不動聲色，他知道現任幫主在對面的用意。

火車在將近兩點二十分才進站，乘客一個個下火車，吳正宇和鐵輪兩個人用手撐住一旁的鐵欄桿，把自己撐高，看了約有1分鐘，很快看到了陳金華下火車，兩個人一身挑夫的裝扮，穿著破舊的唐裝，挑著扁擔朝陳金華走過去。

看到陳金華就在面前的人群中，開始假裝問身邊的人要不要挑貨，等到陳金華走過身邊的時候，鐵輪故意朝陳金華肩膀撞一下，再推陳金華破口大罵起來，「丟你老母！做什麼撞我，你找死啊……」

陳金華身邊4個手下有兩個立刻上前朝鐵輪揮拳過來，這時吳正宇本可以在陳金華身後朝他要害刺進一刀，乾淨俐落解決，可是黑蛾交代過，一定要搞得像意外的肢體衝突才行，於是先過去幫鐵輪打對方兩個人。陳金華身旁另外兩個手下一看，也過去插手打了起來。

吳正宇每一拳都打對方關節和要害，很快把對方3個人打得倒地不起。陳金華眼睛一亮，「後生仔，功夫不錯喔！」

吳正宇對陳金華說：「你也是跟他們一起的嗎？」

陳金華淡定地說：「要不要過來幫我做事？」

吳正宇大罵：「害我們沒接到生意，賠錢！」

陳金華：「你一天能賺多少錢？」

這時鐵輪也把和他交手的人壓倒在地上，批斷他的手臂，對方抱著自己的手臂，在地上痛得打滾，鐵輪也來到陳金華面前大罵，「賠錢！」。

陳金華看起來一點也不害怕，「功夫這麼好在這裏做挑夫？你們兩個以後都跟我吧！」

鐵輪大叫：「哪來那麼多廢話，賠錢！」

陳金華：「你知不知道我是誰？」

吳正宇：「我先揍了你再告訴我！」說完和鐵輪一起朝陳金華打過去。

想不到陳金華還能接得住幾下，可是也很快得被打趴在地上，鐵輪扯住陳金華的頭髮向上一拉，吳正宇朝他的頸椎一劈，陳金華立刻斷氣，鐵輪再用膝蓋在他頸椎補了一下，圍觀的人都聽得到骨頭斷裂的聲音。

等到兩名警察吹著哨子跑過來，圍觀的人指著鐵路，告訴差佬打架的兩個人已經跳下月臺，朝鐵路另一邊跑掉。其中一名警察也跳下月臺，朝眾人指的方向追去。

現任幫主林廣三從人群中冒出來，緊張得蹲到陳金華身旁，雙手抓著他肩膀，「老大！老大！你要不要緊啊！」再對其中一個倒在地上的人大叫：「阿刀，這怎麼回事啊？……」

隔天，黑蛾帶著吳正宇和鐵輪來到一家茶樓。

茶樓開在二樓，樓梯一走上去，空間竟然非常寬敞，有幾十張桌子，客人也很多，加上推車叫賣點心的，非常熱鬧！

三個人來到一間包房外面，包房的門沒關，可是門口站著5、6個打手，吳正宇從門外看進去，有三合會的幫主林廣三、新安公司的老大、十四K的老大，以及其他一些中盤的老大，竟還有青幫的杜月笙！他們每個人身後都站有2、3個手下。

林廣三站起來口沫橫飛地說，要大家幫忙把殺他大哥的兇手找出來，這不等於是在對大家宣告自己從今以後的幫主地位嗎！以往大家可能都認為他上位是暫時的，而從今往後他龍頭老大的位置將是永遠的。

林廣三說完話坐下，一個門外的手下進來在他耳邊小聲說了幾句，他朝門外看了黑蛾一眼，然後對手下吩咐了幾句，手下出來對黑蛾說：「老大要你們先叫東西吃，他談完事就叫你們。」

黑蛾、吳正宇、鐵輪找了一張桌子坐下，點了一些東西吃，半個小時後，所有江湖大佬從包房裏一個個出來，只有林廣三沒出來，接著有人過來叫黑蛾進包房見林廣三。

5分鐘後，黑蛾走出包房，回到吳正宇和鐵輪面前坐下說：「三合會幫主昨天在火車站看到楓葉身手不錯，要你到他門下做事，這是進一步接近保密局的好機會，你們先進去

和他見個面，先別答應，我今晚會請示上級。」

吳正宇和鐵輪跟在黑蛾身後進了包房，黑蛾說：「叫三哥！」

「三哥！」吳正宇和鐵輪說。

幫主：「叫什麼名字？」

吳正宇：「我叫胡軍。」

鐵輪：「我叫張大立」

幫主：「阿軍，每個月給你30塊，過來幫我做事怎麼樣？」

吳正宇：「我回去想一想。」

幫主：「好，想好了就來找我，別讓我等太久！」

「是，三哥。」吳正宇說。

幫主站起來走出包房，所有手下跟在他身後一起走出去。

隔天晚上，黑蛾帶楓葉去見林廣三，將楓葉以500塊港幣讓給了林廣三，從此楓葉跟在林廣三身邊，在香港的茶樓、賭場、煙場、妓院裏進進出出，吃香喝辣。

林廣三身邊還有2個打手，1個軍師。林廣三叫他的軍師「肥陳」，肥陳胖到一身穿的衣服都需要訂做才行，平時林廣三和肥陳商量重要的事時，會叫大家都出去。另外2個打手，一個叫阿祥，是個飛刀高手，沒人猜得到他身上到底有幾把飛刀。一個年紀稍大的叫阿牛，幫會裏大家都叫他牛

叔，聽說是個詠春高手，早些年林廣三去深圳走私，看到他一個人空手把七個人打到殘廢，就把他帶到香港，聽說阿牛那時候已經3天沒吃飯。

楚
山

0
2
7

1950年1月，美國總統杜魯門公開聲明對臺灣與南韓採旁觀的政策，靜待臺海局勢塵埃落定後，再嘗試與新中國發展關係。當下的局勢，蔣介石明顯被杜魯門所背棄，蔣堅信唯有朝鮮戰爭爆發，才有扭轉戰局的機會，才能有奪回天下的局勢，因此蔣介石一心要挑起南北韓戰爭。不到半年，同年6月25日朝鮮半島爆發大規模戰爭，美國一改對蔣介石冷漠的態度，美軍太平洋第七艦隊駛入臺灣海峽助守臺灣，微風飄蕩中的蔣介石，終於放下心中大石，開始利用朝鮮戰火中一步步變化的局勢，來達到有利於自己反攻大陸的目的。

　　1951年初，美方同意蔣介石反攻大陸。

戴笠時期的前軍統局大將毛森，曾任杭州情報站站長，兩次被日軍逮捕，兩次從日軍手中逃脫，因在日本占領區內屢建奇功，日本宣布無條件投降后，獲軍統局破例晉升少將，先後任上海市警察局長、廈門警備司令、東南人民反共救國軍總指揮、政治行動會委員，官位與蔣經國、毛人鳳平坐。

蔣經國為了獨掌特務系統，以「總統府機要室資料組」取代「政治行動委員會」，毛森大怒，直諫蔣介石求出走臺灣從事敵後工作。1951年初，毛森以香港為基地前往越、泰、緬，再進入中國西南地區，對蔣介石提供內陸遊擊隊的情報和戰略分析，獲高度認可。7個月後，國民黨派系鬥爭波及毛森，蔣開始懷疑毛森與美國中情局私通，同時毛森在曼谷也與臺灣駐泰官員不合，蔣下令毛森回臺解釋，毛森不從，國民黨對他發出通緝令，毛森撤回香港老巢。

因毛森熟悉國民黨在兩岸的軍事與情報作業，黑蛾獲指令與毛森接觸，進行策反，若策反不成就將其綁架至深圳，交由深圳的共黨情報站接手。組織對毛森做過詳細的人格分析，也非常清楚一個受過訓練的老特務，要讓他說出自己組織的祕密，策反遠比用刑來的有效。可是黑蛾卻不知道毛森他脫離國民黨後，有令人更想不到的盤算。

這次的行動本來沒有我參與，可是黑蛾打算與毛森接觸

前先觀察他日常生活10天，了解他的作息與平時接觸的人，於是派人跟蹤毛森。在毛森外出時候，黑蛾潛入毛森的住處安裝竊聽器，卻發現毛森住處中早已被人安裝了竊聽器，客廳、睡房、廚房、廁所都有。黑蛾很快考慮了一下，不動原有的竊聽器，但是在每個房間不同的地方，也安置下了我方竊聽器。

只要毛森一出門，就有黑蛾下線兩個同志跟著他，他們每天多次打扮成不同身份輪流跟蹤，更留心另一幫監控毛森的人到底是誰？

國民黨？英國軍情六處？還是謠傳中與毛森私通的美國中情局？

黑蛾在毛森隔壁棟公寓租了一個單位，每天由鐵輪和黑蛾輪流竊聽毛森屋裏的動靜。幾天下來，黑蛾的直覺告訴自己，毛森知道有人在監視他，也知道屋子裏有竊聽器，但是故不做聲，因為他從無訪客，也沒有電話，除了每天睡覺前有不到一小時留聲機的音樂，其他根本什麼都聽不到。

5天後，毛森到一家高檔次的西餐廳吃午飯，看起來是和一個老外事先約好了在那裏碰頭。跟蹤毛森的其中一個同志很快換了一套西裝走進餐廳，坐在靠近他們的桌子。

毛森和老外以英語交談，想不到毛森的英文非常好，說得非常流利。他們兩個人都是以話中帶話的方式交談，聽不

出什麼內容。不過能聽出老外的英文是美國口音；但畢竟口音這種東西是可以裝出來的。

吃完飯後，我方1個同志跟著毛森，另1個跟著那個老外。後來跟蹤老外的那個特工，竟然在那一天失蹤了。3天後黑蛾得到消息，消失的那個同志被關在『白屋』，那是香港最西面的摩星嶺，一棟山腳下的白色建築物，從1934年起，是港英政府羈押和拷問間諜與政治犯的地方。黑蛾也曾經被抓進去過，吃了一些苦頭以後被驅逐出境，3個月後再潛回香港。

黑蛾說香港沒有相關間諜的法律，「白屋」那個地方不會殺人，被抓的同志只要挺得過嚴刑拷打，幾個月後就會被送到皇崗口岸，被槍指著逼你走過廣東省的界線，警告你不許再回來。所以黑蛾不太擔心那個被抓的同志。

那天晚上，我去見黑蛾，做1個月一次定期的當面匯報，來到黑蛾住處門口，當黑蛾打開門的時候我立刻楞住！黑蛾和鐵輪身上和臉上都包了幾處厚重的繃帶，兩個人明顯是受了重傷。

我先在黑蛾面前行了軍禮，「楓葉報到！」

黑蛾：「坐！」

鐵輪倒一杯茶給我，我看他走過來的時候非常吃力，強忍著腿上的傷痛。

黑蛾慢慢地喘了一口氣才吃力地坐下來，看來他們兩個人都傷得不輕。

　　「你們不要緊吧？」我說。

　　黑蛾：「看來得需要你回來幫忙幾天。」

　　「是，我等一下回去就和林廣三說。」

　　「還是我親自跟他說比較好。」

　　「你們……到底出了什麼事？」

　　「是『千手』。」

　　「千手？」

　　黑蛾深深地吐了一口煙說：「我在日本占領香港的前一年，1939年年底潛入香港，不到一個月，我受命在半夜祕密進入國民黨一處位於市區中心的發報基地進行搗毀，由於情報準確，我進行得非常順利，我做掉他們兩名特工，放了一把火，正背上他們的發報機走出門的時候，突然黑暗中有人開出一槍打到我腿上，我立刻趴下找掩護，同時聽到遠處傳來消防車的警笛聲，我痛得幾乎無法走路，不得不放棄背在身上沈重的發報機，躲入一旁的暗巷裏撤走。我當時想，我才剛放火走出屋子，消防局怎麼那麼快就趕來？以我剛出門就中冷槍的情形看來，對方要朝我腦袋開槍是絕對可以。我應該是一進國民黨發報站就被監視了，我在裏面做什麼，對方可以用望遠鏡透過玻璃窗看得清清楚楚，才會立刻通報消防局。我一切的行動都在對方的監視下，而他不阻止我殺屋

內的兩名國民黨特工，可見他不是國民黨的人。我怕自己仍在對方監視中，不敢去我方的聯絡站求救，忍著痛走到黑市的密醫那裏把彈殼取出來，包紮後回到家裏。那整晚我坐在家中客廳的牆角，手中握槍，不敢入睡。

第二天早上，我在屋子門口做了自己暴露的記號，整整半年沒有和組織接觸。一日下午，我看到晚報上，我方常用來聯繫的廣告位置旁，有一則公告啟示，內容是『歡迎黑蛾牌電子公司在港創業，祝生意興隆，身體安康！千手暖氣公司祝賀』。」南方是不用暖氣的，香港當然沒有這家公司。

半年後，我傷好了不少，開始啟動與組織聯繫的線路，接下來1年裏組織沒有對我下達任何行動，我也很少與組織聯繫，又暗中搬了幾次家，我以為已經擺脫了千手。在日軍占領香港期間，我又出了兩次行動，每次都受到攪和，千手也都會在隔天的晚報上署名慰問。

日本戰敗離開香港之前，我們曾經抓到一個日本特務，嚴刑拷打下他說出了不少日本軍事機密，也說出了千手是他的上線。5天後，千手竟然在晚報上對我留言，說他即將回日本，並且約我明天中午在一家茶樓會面。我們從事諜報工作是為人民，為了信念，拿命在豁，我從來沒有看過這種特務，會表露自己，還把諜報當成趣味遊戲在玩。組織為了要清除所有在港的日本餘孽，讓我如時赴約，還派出3個同志在暗中保護我。我中午12點整走進茶樓，叫了一壺茶和一盤

花生，一直到下午3點他都沒出現，可是我感覺他一直在某處看著我。5點整，坐在角落暗中保護我的我方同志對我打出撤退的暗號，我走到櫃臺去買單，櫃臺的人居然跟我說有人付過了，「那個人說是你的朋友，請你吃飯，說你在等朋友，叫我不要打擾你！」。我傻了，我問櫃臺他什麼時候付的錢？櫃臺的人說是我剛進來的時候，再問他那個人長得什麼樣子，櫃臺的人說大約五十來歲，戴個眼鏡斯斯文文的。「他還有說什麼嗎？」，「沒有了！」

從此後再也沒聽過任何有關千手的消息，我們都認為他回日本了。昨天我們跟蹤毛森到一個十字路口，看到毛森要上一部在等他的車，我正指示鐵輪去看那部車的車牌號碼，同時四處找看有沒有三輪車要繼續跟蹤那部車，突然聽到一聲槍響，接著一輛載滿雞籠的卡車就朝我們撞過來。

警察問了那個卡車司機，他說車子前右輪突然爆胎，他失去控制才撞上來的。我們今早出院後去調查那個卡車司機，他平時的工作就是運送雞到市場的，已經幹了十幾年，沒有問題，車子也的確是爆胎。再到出事地點觀察，那部卡車爆胎時候的距離與角度，是非朝我和鐵輪的方向撞來不可，我們四處尋找彈殼，可是沒找到。」

黑蛾把今天的報紙拿到我面前說：「今天的晚報出現了這個！」

我看到晚報右下方的一則啟示：

敬啟者：

黑蛾電子公司

員工因公受傷，深表慰問！

千手暖氣公司

「千手又出現了！」我震驚得說。

黑蛾的神色沈重，慢慢地說出口：「這家夥非常狡猾，不好對付！」

「還有一個同志呢？」

「他盯了毛森兩天了，我讓他回去休息。」黑蛾喝了一口茶，凝視著晚報慢慢說：「千手為什麼回來？日本人到底想做什麼？」

我暫時頂替那個被抓進白屋的同志，另一個和我一起跟蹤毛森的特工同志代號「松針」，我們在跟蹤毛森的這段時間，大大施展了易容術，有時候你會看到一個駝背的老頭走進餐廳的洗手間，出來的竟是西裝筆挺的歸國華僑，走到吧台以流利的英國英語搭訕酒吧的金髮美女打情罵俏。

毛森本身就是一個優秀的特務頭子，我們對他的跟蹤和竊聽，根本起不到什麼作用。黑蛾決定找一個機會，等毛森出門以後與他做第一次的接觸。

這一天中午，毛森出門以後拐了兩條街進入一家麵館，他坐下點了一碗麵，黑蛾也進了麵館坐到他面前說：「這裏沒人坐吧？」

　　毛森沒說話，只是搖頭。

　　黑蛾也點了一碗麵，然後對毛森說：「朋友，不像本地人？」

　　毛森：「嗯。」

　　「老家是哪裏？」

　　「廈門。」

　　黑蛾竟然說起閩南話：「我是漳州來的，廈門我去過，在那裏還有朋友，廈門的扁食我可是很懷念！」

　　毛森居然也用閩南話說：「現在廈門很亂，回不去了。」

　　「是啊！隔著海打打停停的，老百姓日子怎麼過！要是局勢早一天穩定的話就好了。」

　　「是啊！」

　　兩個人的麵送到桌子上，沒有再說話，直到毛森吃完了麵，黑蛾才說：「朋友，都是福建人難得在香港認識，有空來我家泡茶，我介紹個老鄉給你認識。」

　　「好，有空再說。」

　　黑蛾拿出一張名片給毛森，「這位是我老鄉朋友。」

毛森接過名片看了一下，上面印的是『潘漢年』，還有電話號碼。

　　黑蛾：「這是一個回家的機會，你也一定會被重用。」

　　毛森沒有一點訝異，改用北京話說：「讓我想想。」然後到門口櫃台付錢，走出了麵館。

　　松針在馬路對面慢慢走過來，跟在毛森後面，我跟在松針後面，保持著很遠的距離。

　　毛森在馬路上走進一條小巷，七拐八拐得繞了將近一個鐘頭才回到自己住處，他不是想擺脫跟蹤，而是要知道有多少人在跟他，跟他的人是哪邊的人。

　　我和松針在毛森住處附近一直監視到晚上半夜，鐵輪才過來跟我換班。我回到家看見三合會一個面熟的小嘍囉蹲在門口。

　　小嘍囉看著我走過來，「軍哥，你可回來了，我都已經等你大半天了！」

　　「什麼事？」我說。

　　「幫主要你明天跟他到意滿樓談判，可能會動手。」

　　「跟什麼人談判？」

　　「跟十四K。」

　　「嗯，知道了。」

　　「明早11點半先去見幫主再一起過去。」

　　「行了。」

「軍哥，那我先走了！」

「嗯。」

我進了屋子，從窗內看小嘍囉走遠了後，立刻再出門去找黑蛾，告訴他林廣三明天要我跟他一起去談判。

黑蛾要我明天和林廣三一起去，畢竟我現在是林廣三的手下，我的任務是要透過三合會接觸國民黨。

第二天早上我11點就到了林廣三的社團辦公室。

「三哥！」我一進門就看到林廣三坐在關公神位前面，抱著一條腿在椅子上抽著煙，兩邊站了不少打手。

林廣三：「成叔那邊的事做完了沒？都好幾天了。」

「快了，海上再跑幾趟就行了。」

林廣三露出不太爽的表情，似乎不滿黑蛾把我從他那裏『借』用了太久，「等這次事情辦完別再過去了，你在這裏也有事要做。」

「明白了，三哥！我會跟他說。」

過了11點半，又陸陸續續來了不少人，肥陳來到林廣三身邊說：「三哥，人都齊了！」

林廣三很快看了辦公室裏的人一圈，對大家說：「等一下肥陳、阿牛、阿祥、阿軍跟我上去，其他的人不要進去，在外面等著，如果我把杯子丟到地上，就叫外面所有的人殺進來。」

肥陳：「三哥，如果殺進來的話，白公子怎麼辦？」

林廣三：「看情況，我沒說的話，就不要動他。」把煙丟到地上踩熄，再吐了一口痰在地上，「走！」

所有人跟在林廣三後面走出社團辦公室，一到大馬路，兩邊就有幾百個人全部跟在後面，一路走到意滿樓。

一路上我左右看了一下，有大約六、七百人馬，我問了一下牛叔：「是什麼事啊？需要動用這麼多人？」

牛叔：「前天十四K的人到我們的賭場鬧事，打了他一頓，才知道是他們其中一個是十四K幫主二姨太的弟弟，昨天晚上又帶了十幾個人殺回賭場，砍死了我們六個人。」

到了意滿樓門口，肥陳轉身對身後的幾百名兄弟說：「全部留在外面不要上去，如果叫你們上去的話就殺上去。」

「是！」幾百個人的聲音，震響了整條街。

我和肥陳、阿祥、阿牛跟在林廣三後面，走上樓梯到意滿樓二樓，林廣三和肥陳在一張大桌子旁坐下來，我和阿祥、阿牛站在林廣三後面。

不到20分鐘，來了一個年約60歲的老頭，他一身絲質的白唐裝，滿頭抹油後梳，兩眼炯炯有神，兩邊各搭著一個三十多的女人，緊身的旗袍把她們玲瓏的身材表露得非常標緻。他來到桌子旁一坐下，就甩開紙扇笑臉迎人，身邊其中一個女人立刻幫他倒茶，然後站到後面。

我一下看傻了，香港的江湖中還有這種人物！

肥陳笑著說：「白公子，別來無恙！最近又收了幾個乾女兒呀？」

白公子總是笑著臉，「好說！好說！」然後轉頭對身後兩個女人說：「叫人啊！」

兩個女人笑得很嫵媚，「三哥！肥陳哥！」

白公子喝了一口茶說：「這兩個是我最近收的乾女兒，林黛和小媛，林黛剛到萬嘉樂唱歌，唱9點那場的，有空來捧場。」

林廣三朝她們身上瞟了好幾眼，「哪個是林黛啊！」

站在白公子右邊的女人說：「三哥，我是林黛。」緩緩地扭了一下腰，換個站的姿勢。

林廣三開心得笑了出來，「好！很好！」，向肥陳說：「等一下給我在萬嘉樂訂一張今晚9點的台。」

林黛對林廣三微微地笑著說：「多謝三哥捧場！」

這時阿祥從窗口走過來，彎下腰對林廣三說：「他們來了，大概有四、五百個人。」

林廣三收起笑容，嚴肅得看著樓梯口。

十四K的人上來，一個四十多歲的狼將後面跟著5、6個人走上樓梯。

林廣三：「丟你老母！找一個晚輩來跟我談！」

我看後面那5、6個人各個走路兩腳外開，練得是同一派

的外家子功夫。

十四K的人來到桌子前面，有禮貌得對林廣三點頭，「三哥！」再對桌面上其他的人打招呼，「白公子！肥陳哥！」照著輩分請安，沒有坐下。

白公子：「阿陽，怎麼你一個人來？馮老大呢？」

阿陽：「老大家裏出了一點事來不了，我代他跟諸位賠罪！」說完朝林廣三彎腰鞠躬。

林廣三一手大力拍在桌子上，「耍老子啊！是他說要談的，他自己不來，派你這個乳臭未乾的來，不把我放在眼裏是不是？」

整個茶樓一下全靜下來，都朝林廣三看過來，所有客人在桌子上丟下茶錢相繼得快步走出去。

白公子：「三哥，他已經先賠罪了，你別生氣，把事情問清楚。」再對阿陽說：「阿陽，馮老大到底是什麼事啊？」

阿陽：「他……他家裏出了事。」

白公子：「阿陽，你不說出個好理由，我想幫你們十四K也幫不上啊！」

肥陳很不客氣得說：「是不是要我們到他府上請他來啊？」

「不！不！不！」阿陽說，「您千萬別誤會！」

林廣三看阿陽要說不說的，一股火從心底冒上來，「我

丟你老母！吞吞吐吐的故弄玄虛。肥陳，叫兄弟們殺到老馮家！」

阿陽走向林廣三，「三哥！三哥！我老大家裏真的出了事，他本來準備要來的……」

林廣三上前扇了阿陽一巴掌，「我丟你老母！」

白公子立刻說：「三哥！三哥！……」

林廣三一臉火大瞪向白公子。

白公子：「你殺過去對大家都沒好處啊！」

林廣三大罵：「我今天就幫老馮他老子好好教他什麼叫規矩！」

白公子：「你看阿陽都被你打了，也沒吭氣，說不定老馮他真的有事！先讓他把話說清楚再殺了他也不遲啊！」轉向阿陽：「阿陽，我問你最後一次，也能幫你到這裏為止了，老馮為什麼不來？」

阿陽看著白公子，嘆了一口氣說：「本來老大要把殺人的帶來這裏交給三哥的，出門的時候，二奶奶她自殺了！」

這一說大家都楞住了。

阿陽接著說：「二奶奶他弟弟已經不是第一次惹事，老大把他綁在廁所裏，本來是今天要帶來交給三哥的，要過來的時候，二奶奶擋在廁所門口，在自己手腕上劃了好幾刀，老大抱著二奶奶到醫院去了！這種家醜，你要我怎麼說呢！」

白公子：「那是他家的事啊！那他跟三哥的事怎說呢？」

阿陽：「老大跟我說，要給足三哥面子，等二奶奶沒事，他會立刻趕過來！」

白公子看向林廣三。

肥陳：「一開始怎麼不說，看你要說不說的樣子，就讓人火大！」

阿陽：「這種事多沒面子，你要我怎麼說啊！」

林廣三的氣似乎消了一點，「老馮他二太的弟弟呢？」

阿陽：「也去醫院了。」

白公子：「好了！大家先坐下，阿陽你也坐下。」

阿陽不敢坐。

白公子：「三哥，我看老馮他是有誠意要跟你談，不過他二太太給他來了這麼一下，恐怕他是交不出人了，我看要不想個方法，讓他給足你面子跟裏子，他不會不答應。不管他二太太現在醫院是死是活，他總是要出來見你的，你們誰怕誰呢，對不對？」

肥陳：「他今天讓我們幾百個人白走一趟，可不是那麼好解決！」

這時候窗外傳來警車的聲音，阿祥朝窗外看了一眼，回到林廣三身邊說：「是差佬！有十幾輛警車。」

肥陳：「外面擠了幾百個人，他們派人過來看看很正

常，沒什麼大不了！」

一個穿警察製服的老外和十幾個警員走上來，來到大家面前看了一下，對他身邊其中一個穿便衣的警員用廣東話說：「目前看來沒什麼事，你盯住他們，還有，叫他們把馬路上的人都撤走，否則以非法集會的罪名全帶回去。」

「是，長官。」

老外轉身走下樓，上了警車離開。

便衣警員對林廣三說：「三哥，你聽到了，別讓我難做啦！」

肥陳：「石探長，我擔心你幾百個人全部帶回去沒地方關啊！」

便衣警員一臉正經得說：「肥陳，別鬧了！等一下洋鬼子繞回來看人還沒走，就真的抓人了！」

白公子：「石探長，人都來了，喝杯茶再走吧！」

便衣警員上前坐下，他一身上下看起來就和黑社會沒什麼兩樣，白公子身後的女人過來幫他到了一杯茶。

白公子：「你放心！沒什麼大不了的，談得都差不多了！」

便衣警員：「那就最好了，大家不必傷和氣嘛！」

這個便衣警察姓石，是這一區的探長，看他一身像個無賴，臉上帶有煞氣，說話可都句句禮讓三分，大概是怕樓下幾百個蠢蠢欲動的打手多過他這一區的警力，也怕眼前的幾

位老大都在氣頭上，哪句話說得讓他們不爽自己就惹上麻煩。

石探長看站在一旁的阿陽，怎麼臉色很難看，背後衣服還濕了一大片，「阿陽，你怎麼回事啊？」

阿陽咽了一下口水，才說：「沒……沒事，我跟三哥請罪，沒事的！」

白公子：「三哥，阿陽既然已經認錯了，我看這也應該是老馮的意思，你就提個條件，他能做到的，讓他現在做，做不夠的讓老馮他親自補上，你看怎麼樣？」

肥陳：「他帶十幾個人到三哥的地盤殺了人，今天又不來，白公子你看照江湖規矩該怎麼做？」

白公子：「他自己不來，畢竟也找了人代替他來，雖然輩分不夠，至少表明是來請罪的，三哥覺得面子不夠，不如等老馮把家裏的事情處理好以後，擺上30桌酒席親自跟你謝罪如何？至於他沒把下面的人管好，你們之間要怎麼談，這事關重大我就不好代他說了。」

林廣三搖頭，「我帶了幾百個人來，他耍了這麼一道，豈是30桌就能解決，我樓下幾百個兄弟不知道要幾個30桌才夠坐。」

白公子嘆口氣，對阿陽說：「你還是去把老馮叫來吧！」

林廣三：「開什麼玩笑，阿陽留下！白公子，我今天可是看你的面子才來的，事情搞成這樣，你去把老馮找來，太

陽下山前他不來，我就殺過去，一命抵一命。」

石探長立刻說：「三哥！我在這裏你還講這種話，你既然都來了，沒必要把……」

肥陳：「石探長，今天可沒人請你來！」

大家這樣你一句我一句的，沒個結果，我開始懷疑，林廣三到底要怎麼樣？他真的想處理這件事嗎？如果不是的話，他到底要不要動手？

談到最後連石探長也開始不耐煩起來，不客氣得說：「你先把樓下的人都撤了！」

林廣三終於同意，阿陽也照做，吩咐身邊的人下去叫人都撤了，等樓下的人全散了以後，阿陽似乎鬆了一口氣。最後在白公子的調解下，林廣三答應明天讓老馮擺酒60桌，宴請香港道上所有老大，讓老馮親自敬酒認錯，再談如何賠償。

等阿陽和石探長走了以後，林廣三對肥陳說：「馬上集合所有人殺過去！」

原來林廣三還是忌諱在石探長面前動手，他根本不相信阿陽說的話，他認為老馮沒來是因為怕自己人沒有林廣三多，派阿陽來只是緩兵之計，後來才知道林廣三是對的，他和老馮之前已經結怨甚多，正在遊說其他幫派一起對付林廣三，老馮他需要時間，這一次是非爆裂拼個你死我活不可。

林廣三樓下的人馬只是調到附近，並沒有散去。肥陳到大馬路朝天空放出信號炮，三合會的人馬立刻聚集回茶樓前

的大街上，還比先前又增加了三百多人。

林廣三一聲令下，由他帶頭殺進十四K的地盤。

肥陳帶50個人往回走，守住林廣三的家保護他的家人。我和阿祥、阿牛則一直跟在林廣三身邊進入十四K的地盤，開始火拼的時候一直保護著林廣三。

半小時過後，香港警力全部集中過來，鎮暴部隊的陣容逼近，先投煙霧彈，再進攻一個個抓人。想不到他們的效率很高，抓到人立刻丟進囚車，裝滿人立刻送赤柱監獄再回來載人。當晚7點左右清除火拼現場，警方用了不到2個小時，逮捕了400多人。

我身上被砍了4刀，都在背部。林廣三是個心思緊密又鎮定的領導者，殺進十四K的地盤後，他一直在找老馮，並不像其他人一樣到處亂砍。警察一開始丟煙霧彈的時候，他就知道要退，既不慌張也不和警方發生衝突。

阿祥和我們在廝殺的時候分散了，我和阿牛保護著林廣三回到他家，林廣三叫醫生上門幫我們包紮，還叫肥陳立刻去找阿祥和幾個得力的手下，如果他們被警方抓走，要盡快想辦法保釋，受傷的話要馬上急救，再叫2個律師上他家待命，以防反黑組上門來抓人。

第二天早上，反黑組果然上門來抓林廣三，2個律師陪他上警署「協助調查」。林廣三出門時不慌不忙地說，接下來是律師的事，叫我和阿牛回家休息，我才和阿牛各自回家。

我先到黑蛾監視毛森的公寓，准備向黑蛾報告昨天香港黑道上所發生的事，上了3樓走到房門口，發現門是微開的，我的警覺性立即提升起來，我沒有敲門，慢慢得把門推開，看到黑蛾和鐵輪都倒在地上，他們流在地上的血已呈暗黑色，看來他們遭受突擊的時間已經過了至少4個小時，我立刻跨步衝向黑蛾，突然感到右後方有風聲，「有人！」，我自然反應地迅速蹲下朝前方滾開，背部的傷口一磨到地讓我痛得眼淚都流出來。公寓本來就很小，我站起來後貼牆站立，接著一把冰冷的匕首朝我胸口刺來，我伸出雙手擋住，開始還擊，看到對方是個洋鬼子，高出我一個頭，很瘦，可是非常靈活，他使得是自由搏擊加跆拳道，我們過了幾招，不相上下，他不想浪費時間，從身後拿出一把槍指向我，因為公寓的空間小，我們都是近距離搏鬥，我立刻轉身將他手上的槍踢掉，他那一槍打到了牆上，看了我幾秒鐘後對我的身手做出重新評估，我們繼續交手的話必定要花上比他原先預計的時間還長，剛才的槍聲將引來這層樓的鄰居，他選擇撤退，那似隻餓鷹般的雙眼死盯著我，慢慢退出門，我追了出去，剛追下樓梯就停住腳步，轉身跑回公寓裏，蹲到黑蛾身邊，看他半邊的臉已經被打得浮腫變形，摸他頸部動脈，還有微弱的跳動，再去看鐵輪，他已經斷氣。

　　剛才洋鬼子那一槍的聲音的確引來幾個同一層樓的鄰居，其中一個大嬸來到門口嚇得叫出聲音。

我大喊：「快叫白車！」

我看黑蛾身上被刺中兩刀，把窗簾拉下來裹住他的身體，小心翼翼地將他抱起，慢慢走下樓，等了10分鐘救護車才到，這期間我幫黑蛾做了2次人工呼吸，救護人員把黑蛾擡上車後，我跑回3樓，把黑蛾用來竊聽的機器還有洋鬼子掉在地上的槍全部帶上。下樓時遇到那個鄰居大嬸，她看我身上都是黑蛾的血，又尖叫出來，發抖地說：「你要不要緊啊！」

「多謝妳幫忙叫白車！」我說完跑下樓，消失在大街上。

回到家，我一看那把洋鬼子的槍，是一把袖珍型勃朗寧，上面有廠家刻製的型號M-1908。

是美國中情局？

我立刻又想，松針同志呢？

（M-1906和M-1908型號的手槍，是二戰期間供應美國軍方武器的廠家柯爾特公司，1906年全球首製的勃朗寧袖珍型自動手槍，又稱口袋型手槍。因為它體積小，便於隨身隱藏，還有6發子彈的彈夾容量，二戰期間是美國特務的慣用武器。）

松針現在在哪裏？

如果他還活著，應該也會想找我，而唯一可以和松針碰上頭的地方就是黑蛾的住處，那是我們雙方唯一共同知道的地方。

我把竊聽機和洋鬼子的槍分別藏在家中不同的地方，然後趕回黑蛾的住處。

我在黑蛾的住處一直等到半夜，然後離開，去醫院看黑蛾。

還記得來接黑蛾的救護車上有「東華醫院」四個字，我走入東華醫院時已經是半夜將近1點，當時醫院的一樓已經沒什麼人，大部分住院的病人以及陪同家屬都已經入睡。我找到黑蛾在三樓的加護病房，加護病房門口的櫃臺護士不讓我進去見黑蛾，並告訴我加護病房不讓人探病，黑蛾也還沒清醒，要我等過幾天黑蛾轉到一般病房後才可以探訪。

我回到家裏，想著這一整天環繞大腦的幾個問題：

一，和我交手的洋鬼子是誰？美國中情局？英國軍情六處？俄國國家安全局？

二，這個洋鬼子是不是對鐵輪和黑蛾下毒手的人？還是在鐵輪和黑蛾遭害後比我早到而已？

三，如果鐵輪和黑蛾不是和我交手的洋鬼子下的手，會不會是「千手」？黑蛾曾經說過千手過去老是破壞他的行

動，他現在有可能還在香港。

四，鐵輪和黑蛾死了對誰有利？美國人？英國人？俄國人？國民黨？還是毛森？

五，松針現在會在哪裏？

黑蛾說過，英國人不殺特務，他們要的是香港的經濟繁榮和社會安定，他們只會將特務驅逐出境，所以不應該是英國人。俄國人一向把美國當成第一敵人，英國是第二敵人，共產黨竊聽國民黨的叛徒，和他們牽扯不上關係，所以俄國人的可能性也不大。諑傳毛森和美國人接觸，可是一直還未證實，也不能單憑一把袖珍型的勃朗寧斷定和我交手的是美國人。我在黑蛾的住處等上一天了，難道松針也遭毒手？接下來我每晚去醫院一次查探黑蛾的病情，都是選在半夜人少的時候，其他的時間都待在黑蛾的住處等待松針出現。

第四天晚上，同樣是在大半夜的時候來到醫院的加護病房，加護病房門口櫃臺的護士告訴我黑蛾今天早上大概6點停止心跳，醫生觀察後確定死亡。還問我是黑蛾的什麼人，要我明早到一樓補繳醫務費。我楞了約有1分鐘才離開。

走到醫院門口，我轉回醫院，到地下室停屍間，花了5塊錢賄賂看守的人，走進冰冷又幽暗的停屍間，看了黑蛾和鐵輪的屍體。鐵輪兩刀都在心藏部位，黑蛾一刀在胃部，一刀在心藏下方，兩個人傷口的長度從表面看來都是一樣，可見是同一把刀子，同一種手法，同一個人下的手。

我再和看守人員討價還價，用30塊『買』走了黑蛾和鐵輪的所有遺物。

回到黑蛾的住處，我把兩個人的遺物倒在桌上，一件一件仔細得看，連衣服的隔層和手錶都拆開來看，沒有任何發現。再搜了黑蛾的住處，一直搜到天亮，還是沒有任何發現，唯一讓人特別不起眼又似有細節的是桌上幾份舊報紙，從報紙上的日期看來，最舊的一份是3年前的，最近的是3個禮拜前的，一共七份，我全部帶走，從此沒再回來。

我跟著林廣三幾乎夜夜笙歌，吃好喝好，作威作福，唯一不碰的是白粉。有一次林廣三做成了一筆十幾萬的白粉生意，帶上我和十來個兄弟到夜總會，大家喝得爛醉，每個人帶上2個舞小姐去開房，那是我第一次和異性發生關係，醉得一塌糊塗，第二天醒來後發現兩個女人在身邊，大家都沒穿衣服，我頭疼得要命，什麼都不記得。

有了第一次後就會想第二次，第三次。每次幹完後我內心就會更孤單，更空虛，更想婉俞。

只要有火拼，有幫林廣三收回債務，林廣三就會額外再給我錢花。這種放縱肉欲，錢又來得快的日子，加上黑蛾的死，我內心和上方的關係如同斷了線的風箏，很容易沈淪在這燈紅酒綠的環境裏，我甚至想過變節。不得不在一有空就提醒自己，不停地提醒自己，我有信仰，有更高的生命價值；

我的身體和他們一樣，可是精神和信念不能和他們一樣。

　　我就在肉慾與意念的掙扎下生存，只要我的身份沒有被揭穿，我真正的特務身份就要繼續，就這樣一直過了八個月。

1950年6月25日北韓軍隊越過三八線突襲南韓。9月15號美國出兵援助南韓。10月25號毛澤東出兵援助北韓，打出『抗美援朝』的口號。當時毛澤東正開始與蘇聯交惡，美國總統杜魯門公布支持臺灣反共。中國東北面有美軍插手，東南面有臺灣60萬大軍，南面泰緬邊界有國民黨遊擊隊待命，蔣介石知道這次是反攻大陸的最後機會，他虎視眈眈，待機出擊。

　　美國因中共加入韓戰，導致無法迅速結束戰役，也因而產生巨大的軍事壓力，為集中所有反共力量，將「臺灣」併入對付中共之策略。

林廣三叫上軍師肥陳、詠春高手牛叔和我，我們上了車離開市區，車子慢慢進入一處偏遠的山區，我下車後看見前方一大片貧民區，四處插有青天白日旗，我心跳加快，莫非這裏就是俗稱小臺灣的……國民黨大總部──吊頸嶺！

　　下車後，我們進入這貧民區，見它是一片廢鐵和破碎木片釘做的寮屋，裏面的人衣衫破舊，瘦得只有皮包骨，生活條件之差到猶如乞丐，聽見他們說得是普通話，我心頭一酸，強忍眼淚不流下來。記得在資料中看過，敵方餘黨在吊頸嶺有近八千人，而他們在香港過得竟是這樣的生活！他們每個人每天期待到臺灣，而臺灣至今竟棄他們而不顧！

　　進入吊頸嶺走入一條歪歪曲曲的斜徑，來到它的中心地帶，我們每個人必須低頭才能進入這間又低又窄的木屋子，有三個穿國民黨軍裝的人在裏面，每個人皮膚都曬得黝黑，其中年紀較大的那個坐在一張小桌子後面，他雖然瘦得臉頰無肉，可是氣宇不凡，眉心透出一股威嚴，其他兩個分別站在他身後。

　　林廣三在桌子旁坐下來，「石探長還沒到啊？」

　　坐著的軍人應聲：「沒有。」

　　肥陳也跟著坐下，笑笑說：「每次來都要人等他，架子不小！」看向坐著的那個軍人說，「黎師長，從摩星嶺搬過來以後，住得習不習慣啊？」

「都是暫時的，沒什麼兩樣！」

肥陳故意說：「是啊！你們遲早要到臺灣的。那批學生也真是不知天高地厚，你過你們的中秋節，他們竟敢跑到你們面前跳秧歌舞，不討打嗎？」

林廣三：「打了也好，人就是犯賤！不疼不知道分寸。」

黎師長沒有說話，或許是覺得自己當時沒有管好手下，不想再提。

石探長這時帶著一個手下低頭走進來，兩個人腰間都有配槍。

石探長面帶笑容：「久等！久等！不好意思，警署裏面的事真的太多了，好不容易才走得開！」從身邊的手下接過一包東西，擺在黎師長面前，「試試看，您老家的大佛龍井，喜歡的話我下次多帶一點，海上走私沒收的，我那邊還有不少。」

黎師長：「石探長有心！」把桌上的茶葉交給身後其中一名士兵，然後說：「請藍先生過來。」

過不到1分鐘，一個大約40歲，樣貌一般，身穿深藍色長袍的人走進來，他摘下西帽跟大家打招呼，「石探長，三哥，你們好！」

肥陳馬上站起來，讓位給藍先生。

林廣三指著肥陳站起來的椅子，「請坐！」

藍先生向肥陳微微點頭表示謝意，然後坐下。

黎師長看肥陳這麼胖，站不了太久，對身後士兵說：「找一張椅子給陳先生坐。」

士兵很快到外面拿了一張椅子進來給肥陳，肥陳笑說：「多謝！多謝！我人胖兩只腳撐不住身子很久。」

黎師長：「藍先生，請你把事情跟大家說。」

藍先生改用一口流利的廣東話說：「大家都知道，臺灣後面靠的是美國人提供的先進武器，北京那邊雖然能打仗，可是對於先進的武器沒有經驗，靠的是俄國過來的軍事專家交他們怎麼應付。臺北方面有可靠的消息，兩個星期後，有3名俄國軍事專家會從北朝鮮飛往香港，再從香港由共黨特務護送進入廣州，然後到福建與周恩來會面，同時擔任福建沿海解放軍的參謀。」

石探長：「他們為什麼不直接從俄國飛福建？」

藍先生：「他們剛剛在北朝鮮教朝鮮人打仗，那裏有太多英國記者注意他們，如果他們先回到莫斯科，莫斯科當地的英國記者也一定會在機場等著他們，所以莫斯科和北京決定讓他們飛香港，一來，香港是亞洲最大的飛機轉運站，這裏的飛機多，容易擺脫記者；二來，就算3個俄國人在香港消失，記者們猜得到他們可能進入大陸，卻摸不著他們會前往大陸什麼地方。臺北方面希望3個俄國人進入大陸前將他們做掉。」

林廣三：「有沒有他們到達香港的飛機航號？」

藍先生：「北朝鮮對他們的行程非常保密，我們在北朝鮮的人只能在他們上飛機的時候才能知道，一知道會立刻通知香港。」

石探長：「那你想要我怎麼做？」

藍先生：「這件事是完全不公開的，要是出了什麼事也僅在地下組織的範圍。啟德機場屬於石探長的地頭，希望三個俄國人處理掉以後，石探長能把這件事壓住，不要讓英國人知道。」

石探長：「萬一俄國向英國要人怎麼辦？」

藍先生：「告訴英國人你完全不知道這件事，就算它有發生，你也查不到任何頭緒。」轉向林廣三，「希望三哥可以派出5個當地的人和我們合作，做掉這3個俄國人。」

林廣三向一旁吐了一口痰在地上，慢條斯理地拿出香煙插在一根象牙煙嘴裏，點上抽了一口說：「黎師長今天會找我來，也是看我以前幫國民黨做事做得好，不然也不會再找我，這件事介入國際，還要一口氣幹掉3個，我收得不會便宜。」

藍先生：「由我的人動手，您只是幫我們處理善後。」

林廣三：「怎麼處理？」

藍先生：「三個俄國人一搭車離開機場，我們的人會在路上開槍，到時候對方的車子會發生意外，你們開一輛救護

車，假扮成救護人員，把車內的屍體帶走，再開一輛吊車來把車子拖走。救護車裏會安插我們一個人。」

肥陳：「這樣也好，要是他們身上有重要的文件，可別浪費了！」

藍先生對肥陳點頭笑了一下。

林廣三：「一部白車，一部托吊車，處理掉幾具屍體……知道共產黨有幾個人來接俄國人嗎？」

藍先生：「不知道，現在預估2個。」

林廣三接著說：「5具屍體，還有可能幫你們拿到寶貴的情報……，黎師長是老朋友了，就5萬吧！」

藍先生：「林幫主愛說笑了！再說，臺北也沒批這麼多錢下來。」

「那你要出多少啊？」林廣三馬上說。

「一萬，石探長五千。」

石探長不說話，看著林廣三和藍先生。

林廣三：「3個俄國人身上可能有寶貴的情報，事交給我們辦就對了，你要是找別人做的話，還放心嗎？」話裏似乎暗示藍先生，我們已經知道你的事了，你不讓我們做的話，還能放心嗎？

藍先生：「拿情報是次要，暗殺才是主要的。這件事只要你們做得乾淨利落，10分鐘之內就可以離開現場，前後兩個小時內可以搞定，其實一點也不耗時間。」

林廣三：「這樣吧！全部交給我做，收你10萬就好了！」

藍先生：「我只是負責跟你們接頭，其他的事全部由臺灣做主，我無權跟你講價，何況臺灣自己有下手的人，他們只會用自己訓練出來的人，這方面他們不會更改。」

林廣三看向肥陳，肥陳對藍先生說：「我們考慮一下。」

「好。」藍先生看向石探長，「石探長，您沒問題吧！」

石探長：「英國人那邊不好說話，你再加點嘛！」

藍先生搖頭，「這是臺灣那邊定好的數目，我沒辦法！」

石探長：「如果我們沒辦法接受這個數目呢？」

藍先生：「臺灣方面將會改變全盤計畫，自己動手。要是英國人找來，臺灣會自行以外交手段應付。」

肥陳：「我們出去抽口煙。」站起來和林廣三一起走出去商量。

石探長也站起來，「我也出去透一透氣。」

藍先生微笑點頭。

5分鐘後林廣三、肥陳、石探長一起進來。

林廣三：「這件事的事後風險太高，你給的數目不夠。」

藍先生看石探長，石探長也搖頭。

藍先生：「非常遺憾，希望將來還有機會合作。」

肥陳：「再加一點不行嗎？」

藍先生：「如果我自己有錢一定會加給你們，可是我沒有。」

「嗯！」林廣三說，「有空過來喝兩杯，生意做不成，朋友交情還在。黎師長，先走了！」

黎師長和藍先生都站起來，「慢走！」。

林廣三一走出房子就對石探長說：「等一下有沒有事，過來摸兩把？」

石探長笑了起來，「好啊！擇日不如撞日，走！」

我心裏想，要如何把敵方要暗殺俄國人的消息傳送出去，黑蛾曾經囑咐過我們，絕對不要到「粵華公司」去，那裏有英國人和保密局的人全天候盯著，一去就會暴露身份，可是當下情況緊急，如果總部再沒有主動聯繫我的話⋯⋯

我在自己家門口插上3炷香，表面上看起來是拜神，實際的用意是緊急聯繫黑蛾。這個啟動信號是當初黑蛾吩咐下來的，如今黑蛾已死，不知道組織中其他同志會不會明白它的意思。我打算再等3天，如果我方沒人與我聯繫，那只能到粵華公司去了。我知道去粵華公司以後，我的身份就立即暴露，我在香港的特工身份將會立刻結束，中央會立即調我

離開。即便如此，我也必須將國民黨要暗殺3個俄國軍事家的訊息傳送出去。

　　第一天過去，沒有人聯繫我。

　　第二天早上出門前，我把昨天燒的香拔掉，再點上三炷新的香插上，我見到住在隔壁的阿婆，也在門口插上三支香，拿著拖鞋在一張寫了名字的紙上不停地敲，不停地罵。

　　第三天早上，再點上新的三支香後出門，一個黃包車過來，「先生，要不要坐車？」

　　我看了他一眼，不再理他。

　　黃包車夫立刻說：「先生，看你不像本地人，大家都是外地來的的，光顧一下，你是我今天第一單生意，討個好彩頭，不管到哪，我收一分錢就好。」

　　有意思！我朝車夫看了一下。

　　車夫馬上誠懇地說：「我也是落難到香港的，老家在『楚山』。」

　　我二話不說上了黃包車。

位於香港新界的「吊頸嶺」，是1949年國民黨失守後，國民黨軍隊以及家眷在廣東沒趕上撤退臺灣的船支，而湧入香港成為政治難民的聚集地。香港政府原先把他們集中在摩星嶺的公民村，因為他們時常與香港左派發生衝突，於是將他們安置到偏遠的吊頸嶺。他們原先有3000余人，後來又陸續從廣東分批流入，累計至7800多人，他們生活艱苦，靠行乞與東華醫院有限的救濟生存。遠觀吊頸嶺是整片寮屋，插滿青天白日旗，又有小臺灣之稱，也是國民黨諜報人員在香港的大本營。臺灣派過去的諜報人員屬「基本同志」，當地聘用的外用人員叫「聘幹」，俗稱「馬仔」。

黃包車拉上我，在市區的小巷裏到處轉，時快時慢，車夫不時得回頭往後看，最後把我拉到九龍城寨旁的一處貧民區裏，「先生，到了！裏面請。」

　　我擡頭一看，是一家很不起眼的藥鋪子，大門上一個匾額寫著「榮發藥鋪」。

　　我一踏進『榮發藥鋪』，就有一個五十多歲穿著唐裝的人站在長桌後面，口氣平淡地說：「把脈還是抓藥？」

　　這時聽見身後拉我來的黃包車離開，我說：「把脈。」

　　「裏面請。」

　　透過一張布簾，走進藥鋪裏面一個小房間，一個六十多歲的大夫坐在椅子上說：「請坐！」

　　我坐下將右手伸出，大夫伸手幫我把脈，「我是頂替黑蛾的同志，代號『風車』，今後起是你在香港的上線。」

　　我聽到後立刻起立立正，兩眼充滿淚水。

　　8個月了，我如斷線的風箏，雕零的孤兒，每天在醉生夢死的環境下掙扎，越放縱自己越痛苦，今天終於和自己的同志接上頭了！

　　風車站起來，我看他一臉慈祥說：「楓葉同志，這些日子來，你辛苦了！」

　　我止不住淚水，讓它流下。

　　「坐！坐！」

我坐下後，很快地用手將淚水擦掉。

風車：「黑蛾和鐵輪犧牲後，我們找不到松針，其實我們一直在暗中觀察你有沒有叛變，同時保護你，組織並沒有拋下你。」

我的眼淚再度流下。

風車：「毛森已經被美國人送到琉球，相信他很快會再被安排到美國，我們相信黑蛾和鐵輪的遇害，是毛森要求美國中情局做的，他擔心自己被我們盯上以後會走不掉，因為他知道太多關於臺灣方面的事，他有太多寶貴的情報。」

楓葉：「吊頸嶺那邊的消息，10天後有3個俄國軍事家會抵達香港，由我們的人接頭護送進入廣東再到福建，保密局準備暗殺他們。」

風車的臉馬上大變，因為他就是主導與安排和這3個俄羅斯人接頭的最高指揮。

「我就是要傳達這份情報，才啟動緊急通訊。」

風車：「知道他們的暗殺計畫嗎？」

我搖頭，「我跟著洪門老大到吊頸嶺與臺灣來的人碰面，還有石探長也在，大家價錢談不攏，看來保密局會自己動手。」

風車深深地喘口氣，「那就難辦了！」又說，「當時有誰在場？」

「黎師長，臺灣的代表藍先生，石探長和他一個手下，

洪門這邊有我和林廣三，他的軍師肥陳和貼身保鏢阿牛。」

　　風車再度嘆了一口氣，「你的情報非常重要，啟動緊急聯絡是對的，接下來的工作我會接手，香港有我方近30個諜報人員在活動，你不必擔心。其實我也正準備找你，5天後，香港船王戴付城向荷蘭買了一艘遊輪，大大得裝修後要在港口舉行下水典禮，接著到美心西餐廳慶祝，他這次搞得很大，請了香港黑白兩道與各界名流。美心西餐廳是一間以夜總會形式經營的餐廳，為了場面和面子，林廣三一定會帶上他身邊所有的人去參加，組織希望你在美心西餐廳接觸一個叫顧雅芝的女人。顧雅芝是印尼華僑富商第二代，英國劍橋的經濟博士，她與國民黨和孔家有很深的交情，曾經在上海孔家的銀行做過裏理。因為你之前受過西方禮儀的訓練，組織期待你和顧雅芝交上朋友，發展成知己或是戀人關係，再獲取國民黨在香港的經濟動態，特別是孔令侃在香港有一批自己的地下特工和經濟操手，這是我們最希望滲入的情報網。」

　　我略帶為難得說：「我對男女交往方面的事經驗不多！也不懂經濟！」

　　「你放心，到時候會有我們的同志幫你。」

　　「這個顧雅芝多大年紀？」

　　「37，他的丈夫三年前心臟病去世，之後都一個人。你也算是化學系的高材生，都是讀書人，可以找得到共同話

題！」

「可是她比我大這麼多，能談得來嗎？」

風車拿出一份檔案夾給我，「這是顧雅芝的所有資料，她的出生背景，教育背景，習性、嗜好……等等，妳看看她的婚姻狀況。」

我打開資料夾，一頁一頁地翻到顧雅芝的婚姻報告。

風車：「他的丈夫是北京人，劍橋大學化學系的學生，小她4歲，他們在劍橋讀書的時候認識的，組織上對顧雅芝做了詳細的心裏分析，才決定指派你去接近她。當然，組織也為你的背景多加了一些故事，你是南開大學化學系的學生，為了準備到俄國留學，也攻讀了俄文，因為戰亂的緣故，學校停課，你才回到廣州，接著家道中落，無奈下到香港投靠遠親，現在幫林廣三做事。加上了這些新的背景，和你之前對林廣三所說關於自己的家世都接的起來，南開大學那邊也幫你做了曾經在校就讀的檔案，你把在南開大學就讀的年份、教授人名、附近的店家都要記好。」拿出另一份資料給楓葉。

我將所有資料看了一遍，在腦子裏背熟，一並交還給風車。

「都記住了？」風車說。

「記住了。」

風車拿出火柴，把資料全部點燃後丟進一個鐵盒子內，

盯著它直到全部燒成灰燼。

風車：「緊急通報的方式不變，一般的通報方式改為把你家的窗戶打開，放上一盆花，剛剛拉黃包車送你來的『黃蜂』同志，就會在大馬路上『僑興米鋪』的對面等你，你坐他的黃包車到達目的地的時候，把通訊的情報留在黃包車內的座位上即可。黃蜂每天早上從7點到晚上11點拉車的時間，每4個小時會經過你家一次，每天5次。清楚嗎？」

「清楚。」

風車伸出手與我握手，「辛苦了，楓葉同志！」

「都是為黨，不辛苦。」

風車送我到門口，我看四下無人，說：「你想松針同志會在哪裏？」

風車：「要不是和黑蛾他們一樣遇害，就是叛變了。」

這時一個婦人帶著一個小孩子進來，風車立刻拿了一包已經抓好的藥給我，「一日兩次，三碗水煮成一碗水，吃三天後就沒事了。」

「多謝大夫！」我說完走出藥鋪子。

背後聽見風車問婦人說：「請問抓藥還是把脈？」

婦人：「我的孩子拉肚子拉3天了，拉出來都是青色的……」

星期天，早上11點。

我跟著林廣三到香港碼頭參加新船下水典禮，我穿了一套西服，並非因為林廣三交代大家今天要穿得體面，而是覺得西服比較能接近留過洋的顧雅芝。我們一行人跟著林廣三，除了我還有林廣三的二姨太、肥陳、牛叔和阿祥，林廣三又叫了5個分堂堂主，一共坐滿了4輛轎車到碼頭。

現場除了香港黑白兩道的大人物，還有不少洋鬼子和記者。船王戴付城的夫人身穿洋裝，把一瓶從船頭垂吊下來的香檳，大力甩到船身撞碎，完成了『下水禮』。戴付城接著宣布，邀請大家到美心西餐廳共同慶祝。

大家陸續到達美心西餐廳，大夥一走進西餐廳大門，牛叔就說：「搞這些洋玩意，都吃不飽！」

我說：「忍一下吧！等結束以後我們去打邊爐。」

阿祥：「算我一份！」

我笑了出來。

大家跟著林廣三在舞池旁的一張大桌子坐了下來，舞臺上六、七個洋人小樂隊演奏著圓舞曲，樂隊後面吊著一塊大紅布寫著『慶賀港城船務公司下水典禮』。林廣三的二姨太拉著他進舞池跳舞，肥陳到處和人打招呼敬酒。服務生過來點餐，大家點了吃的和喝的，等酒來了以後，牛叔一口就把杯子裏的威士忌喝光，說：「你老母！一口就沒了，這麼小

氣！」叫上服務生拿一整瓶過來。

「對不起！先生，我們不賣一整瓶的，要不我幫您拿多幾杯過來。」

「算了！算了！這麼麻煩。」牛叔揮手要服務生走開。

我說：「牛叔，我們去吧台喝吧！一杯喝完了讓他立刻幫你再倒。」

「算啦！」牛叔無奈地嘆了一口氣說，「喝個酒這麼麻煩，我也不會跳洋鬼子的舞，搞不懂三哥要我來幹什麼？」

我笑了一下，站起來去洗手間。

從洗手間出來，面前一個服務生端著一整盤酒，讓經過的客人隨意拿，他來到我面前，非常有禮貌得說：「先生，請問要不要香檳？」

我伸手拿他托盤上的香檳時，他放低聲音說：「我從『楚山』過來的。」

頓時我眼睛一亮，立刻微笑看了他一下。

「顧雅芝在你的11點鐘方向，身穿綠色旗袍。」

我對服務生點頭微笑，「明白。」

我走到吧台，把手中的香檳放下，目光找到顧雅芝，見她舉手投足非常優雅，在一堆人群中與人交談，這堆人中我認出好幾個都是香港商界的大亨，還有幾個洋鬼子。

我正盤算著要如何搭上顧雅芝的時候，牛叔和阿祥走向吧台來。

阿祥：「自己在這邊喝也不叫上我們，釣馬子呀？」

我說：「是啊！看上了一個。」

牛叔湊過來，「看上了哪一個？」

「那個穿綠色旗袍的。」我剛說完就看牛叔盯住一個女人目光由左掃到右，「牛叔，你看上哪個啊？」

牛叔說：「那個身材不錯！」

阿祥：「這裏到處都是女人，你說的是哪個呀？」

牛叔：「跟洋鬼子進舞池那個？」

我和阿祥朝舞池看去。

阿祥：「穿暗紅色旗袍那個？」

「是啊！是啊！」牛叔說。

我的眼睛很快就看到那個穿暗紅色旗袍的女人，接著感到一陣頭暈，心跳急速起來。我再朝舞池裏看一次，沒錯！那個穿暗紅色旗袍的女人，就是婉俞！

我用最快的速度走開，往洗手間的方向走去，告訴自己，千萬不要吐出來，一定要撐到洗手間。

我終於踏進了洗手間，扶著牆搖搖晃晃地進了馬桶間，鎖上門後抱著馬桶開始吐出來，吐完後接著是一道耳鳴，根本站不起來，直接坐到地上。腦子裏的景象是剛剛婉俞穿著暗紅色旗袍，摟著一個洋鬼子的手臂，依靠在洋鬼子肩膀上一起走進舞池的畫面。

我感到很孤獨，很痛苦，那種孤獨和痛苦不斷地往心中無底的深淵墜落，我坐在地上不敢出聲地流下眼淚。

　　我苦等許久，期待已久的婉俞，竟然和一個洋鬼子搞到一塊。

　　或許是組織給她的任務要接近這個洋鬼子，和我一樣吧！可是當下的那一幕讓我無法承受。

　　沒多久，牛叔和阿祥走進洗手間。

　　「怎麼沒人？」

　　「是不是在裏面拉肚子？」

　　「阿軍！」阿祥叫了出來。

　　我用手敲了一下馬桶間的門回應，盡快調整自己的情緒。

　　「是不是阿軍啊？」阿祥又叫了一次。

　　「是啊！我拉肚子，沒事。」

　　牛叔：「真的是拉肚子，跑這麼快！」

　　接著聽見他們走出洗手間的腳步聲。

　　20分鐘後，我走出洗手間，牛叔和阿祥還在吧台，我朝他們走去。

　　阿祥：「你沒事吧？」

　　「沒事，早上吃壞肚子。」

　　「你的臉色看起來不太好啊！」牛叔說。

「沒事，休息一下就好了。」

我跟吧台的服務生要了一杯白蘭地，然後一口喝下，指著酒杯，要他再添一杯。

牛叔：「你行不行啊？拉肚子還喝酒！」

「喝了就好了！」

牛叔和阿祥互相搖頭笑了出來。

阿祥：「你準備等一下接著跑洗手間吧！」

我必須暫時把婉俞放一邊，不要去看她。婉俞既然在香港，我只要問風車，就能知道她在做什麼，必定能找得到她住在哪裏。我相信她今天和我一樣都是為了執行任務而來的。

這時，我看見肥陳手裏握著香檳，來到顧雅芝面前，和她談笑風生聊了幾句，再禮貌得走開。

我又灌下一杯白蘭地，然後朝肥陳走去，小聲說：「肥陳，你認識那個穿綠色旗袍的女人？」

肥陳回過頭看了顧雅芝一下，「是啊！她在中環的匯豐銀行，商業部的，三哥偶爾會跟她打交道。」

「幫我介紹一下。」

「她不適合你的，她跟我們不一樣，書讀得多，還喝過洋墨水，我給你介紹鯉魚門老大的千金，她今天在這裏，我剛剛還看到她。」肥陳說完搭上我的肩膀要去找鯉魚門老大的千金。

我雙腳釘在地上不走，「肥陳，你幫我介紹一下就好了，搭個線，剩下的我自己來。」

肥陳很快地想了一下，點頭說：「好！」

我們一起來到顧雅芝面前，肥陳：「顧小姐，我跟您介紹一下，這位是我們公司的胡軍。」再對我說：「這是中環匯豐銀行的顧小姐。」

我禮貌得說：「顧小姐，您好！」

顧雅芝：「你好！這麼年輕，都在公司幫三哥做些什麼？」

我說：「什麼都做，有時候幫三哥管錢，有時候管人。」

「真是年輕有為！」

「顧小姐在匯豐銀行什麼部門？」

「我在商業部，幫人處理投資方面的事。」

「我聽說三哥有時候還得上中環找妳！」

「是啊！只要是投資方面超過一個金額的話，我都要過手。」

「想不到您這麼能幹！」

「沒有！沒有！」

「有榮幸可以和您跳一支舞嗎？」

顧雅芝笑了起來，她喜歡跳舞，終於等到有人來請她跳

舞，「好啊！」

我伸出手，讓顧雅芝把手搭上我的手心，牽她走進舞池。

顧雅芝對肥陳說：「陳先生，那我們先失陪了！」

肥陳笑著說：「請！請！」

肥陳看著胡軍把顧雅芝牽到舞池中，互相點頭行禮，然後摟上顧雅芝開始跳起華爾滋，「嘴巴能吹，還會跳舞，以前真是小看他了！」

在舞池中，胡軍誘導兩人的對話到平時的日常消遣。

「胡先生平時不上班的時候都做什麼？」

「聽聽西洋古典音樂、爬山、出海、打撞球，看書。」這些幾乎都是顧雅芝的資料裏面提到的。

顧雅芝知道林廣三是三合會的人，怎麼他的手下會有這種嗜好，顧雅芝非常訝異的得說：「你都聽什麼西洋古典音樂？」

「我喜歡聽室內樂，像是巴洛克時期的，還有舒伯特的四重奏、五重奏也很喜歡，我最近買了柴可夫斯基交響曲的唱片，非常的浪漫，有時候很激情，覺得也不錯，歌劇就很少聽了。」

顧雅芝楞住，他還真的懂，不像胡說八道！「那……最近看了什麼好書可以介紹一下嗎？」

「以前向往俄國的哲學，看了不少俄國作品，像是杜

斯妥也夫斯基的《罪與罰》，還有托爾斯泰的《戰爭與和平》，我個人認為是他的巔峰之作，可是看完之後都覺得太沈重了。聽說顧小姐是留英的，有什麼英國好書可以介紹給我的嗎？」

「你真的看過《罪與罰》和《戰爭與和平》？」

「是啊！」

「你可以跟我說一下故事的內容嗎？」

胡軍說了兩本書的大概內容，又加上自己一些看法，顧雅芝聽了說不出話來，難道現在香港三合會的文化修養都這麼高？

顧雅芝盯著胡軍雙眼，不知道該說什麼？

「顧小姐，你有什麼好書可以介紹給我嗎？」胡軍又問了一次。

顧雅芝回神過來，說：「我看得不多，比較喜歡的有奧斯汀的《愛瑪》和福斯特的《霍華德莊園》。」

「《愛瑪》我看過了，但是沒有看完。我可要找機會看一下《霍華德莊園》。」

「你看過《愛瑪》？」

「是啊！我大學同學介紹我看的。」

「你讀過大學？」

「是啊！天津的南開大學，主攻化學。」

顧雅芝笑了出來，不太相信，「真是讓人刮目相看！」

胡軍也笑了出來，「顧小姐是劍橋的經濟博士，我差的遠了！」

「你怎會到三哥的公司做事？」

「我高中一畢業，家鄉的神父就幫我申請到獎學金去讀南開大學，後來因為戰亂，學校停課，回到故鄉後，父親的生意倒閉，迫於無奈，只好到香港投靠遠親，遠親再把我介紹到三哥那裏做事。」

「原來是這樣！」

「怎麼？我看起來一身江湖氣，好像不應該識字是嗎？」

「不！不！」顧雅芝覺得自己剛才的態度很失禮，尷尬起來。

這時候台上的樂隊奏完一首舞曲，胡軍牽顧雅芝走出舞池，拿出自己的名片給顧雅芝，顧雅芝也將自己的名片奉上。

「我不上班的時候會出海，有機會一起坐船去看海。」

顧雅芝心中又是一楞，嘴上趕緊說：「好啊！有機會一起去。」

胡軍走回吧台，牛叔和阿祥盯著他走過來，胡軍轉向吧台服務生又要了一杯酒，牛叔往胡軍後腦大力一拍，「你老母！還真有兩下子。」

「是緣分！緣分！」我一口氣把威士忌喝下，四處看婉俞在哪裏？可已經找不到她，大概是跟那個洋鬼子離開了。

我的心再度跌入谷底，又連灌了3杯白蘭地。我必須和
風車碰面。

清晨，6點半。

我打開窗戶，把一盆花放在窗台上。

7點15分我走出門，進入大街，遠遠看到「僑興米鋪」的馬路對面，黃蜂同志和他的黃包車在那裏等著。

黃蜂吃著油炸鬼，看見我走來，立刻站起來，「先生，要坐車嗎？」

我上了黃包車說：「我要見風車。」

黃蜂楞住，一般傳送情報是不需要與風車碰頭的，除非是啟動緊急通報，而楓葉同志今天發送的暗號又不是緊急通報，黃蜂回頭看了楓葉。

楓葉：「我有重要的事得問風車，但是不緊急。」

黃蜂想了一下，把手上沒吃完的油炸鬼放入唐裝的口袋裏，拉上黃包車。

黃蜂把楓葉拉到一間茶樓門口，「先生，到了！」

楓葉下車付錢給黃蜂的時候，黃蜂說：「風車現在在公園教人打太極，我去通報他，請你在裏面等一下。」

「嗯！」我轉身走進茶樓，裏面一大片喝早茶的人大聲聊天說話，加上推點心叫賣的，竟然比清早的大街還熱鬧！

我挑了一個面朝大門的位置坐下，點了兩籠包子，手上拿著報紙，眼睛注視著大門。

過了半小時後，我看見黃蜂走進茶樓，目光找到我走過

來，「風車要我回來帶你到方便說話的地方。」

「好。」我趕快付了錢，要到茶樓門口再坐上黃蜂的黃包車。

為了要問風車昨天和婉俞一起的洋鬼子是誰，我非常急躁，警覺性變得非常低，一直跟著黃蜂走出茶樓，沒顧及周圍的人與環境。這是一個特務轉換地點的大忌。

黃蜂拉上我進了一個小巷裏，不停地繞，繞到我都心煩，「這到底是要去哪裏呀？」我對黃蜂說。

「快到了！」

繞了約有40分鐘，又回到茶樓門口。

「黃蜂，你這是……？」

黃蜂擦了滿頭的汗，然後轉身對我說：「風車在茶樓旁的面館裏等你。」

我下車，走到面館門口，回頭又看了黃蜂一次。

黃蜂對我點頭，看起來像是「對，進去。」的意思。

我皺著眉頭走進這家小面館，裏面只有8張桌子，風車坐在最裏面一張。

我走到風車面前剛要坐下，風車站起來說：「跟我來！」，帶我走進面館裏面的廚房，再走出廚房的後門進入一條小巷子裏。

我們一直走到巷底，沒有出路，風車才停下來。

「黃蜂告訴我你要見我，可是用的卻是一般通報，這程

序不對，我們擔心這其中是不是出了什麼問題！所以不得不帶你兜上一大圈，肯定沒有人跟蹤才和你接頭。」

我嘆了一口氣，原來這樣！

「是什麼事非要當面跟我說？」

「我昨天在美心西餐廳看到了我在楚山訓練營的同學。」

「你是說金婉俞？」

「對！」

「她在執行組織給她的一項任務。」

我心裏稍微舒服了一些，「可以安排我和她見面嗎？」

「不行，現在不是時候。」風車搖頭，「你們昨天有碰上面嗎？」

「我不知道她有沒有看到我，我見她和一個洋鬼子在一起，沒多久就離開了。」

風車似乎看出楓葉是為了感情的緣故想見她，才會有今天失常的通訊行動，於是告訴楓葉：「金婉俞在香港的代號是『盧山』，昨天和她在一起的是英國海軍威爾森上校。盧山有她該做的事，你有你該做的事，你們現在是在為黨國做大事，應該把私人的情緒放下。」

我沒話說，深深地吸了一口氣，過了片刻說：「她完成這項任務以後，我可以見她嗎？」

「我幫你向組織申請吧！盡快給你答復。」

「嗯！」

「我們有新的情報，松針沒死，他現在在美國領事館。」

我睜大眼看著風車。

風車：「看來松針叛變了！黑蛾和鐵輪的命，他脫不了關係。」

「要不要再查清楚一點？」我不願意相信有人會背叛組織，背叛黨。

「我們從南韓間諜手裏買了幾張照片，送到楚山做了辨識，證明照片裏面確實是松針坐在美國領事館裏的游泳池邊，和幾個洋鬼子喝啤酒聊天，一點也不像被人限制的樣子。」

我感覺到內心深痛。

「在香港只剩下你見過松針，等組織計畫好清除松針的時候，我們需要你一起行動。」

「組織沒有松針的相片嗎？」

「有，是6年前他剛進楚山情報訓練營的學員照，和現在的相貌已經有些差距。」風車說，「不管情報人員是為什麼而叛變，有一點可以肯定的，他們會切斷自己的過去，給將來預備一個全新的生活，我們相信美國至少會給松針一個新的身份和安全離開香港的條件。松針踏出美國領事館前一定會易容，你也懂易容術，你可以識別出松針。」

我慢慢地點了頭。

「好了，回去吧！你和廬山會面的事，組織一有回復，黃蜂會通知你。」

我向風車行了軍禮，風車領我走回面館後門，我再從面館的大門出來，叫上黃包車離開。

從此後，我常常失眠，總是想著婉俞當下在做什麼，她和那個英國人的關係，他們會發展到什麼程度，他們兩個人做過什麼；有時候我想得幾乎要發狂，在凌晨的時候突然從床上坐起來，換上衣服快速地走到巷口的狗肉攤子，灌上一整瓶白干再回到床上睡覺，等醒來時看到鏡子中的自己，兩眼發黑，面容憔悴。

如果喝酒還不能讓我入睡的話，我會帶著濃濃的酒意再出門，叫上黃包車到林廣三開的妓院，一邊喝一邊嫖，早上醒來的時候會忘記自己是怎麼來到這裏。

思念婉俞成為了我的地獄，那種爬不出來又不能不去的地獄，我開始恨我自己，恨自己為什麼這麼脆弱，接著開始恨婉俞，多麼希望自己不曾認識她，就這樣日復一日。

公元前202年，漢王劉邦和楚王項羽為了爭取天下，苦戰四年。劉邦派人說服項羽訂下盟約，以鴻溝為界，互不侵犯。劉邦趁項羽撤兵時帶軍追擊，將楚兵逼到垓下，項羽用盡軍糧，被漢軍團團包圍。

劉邦再出計，調大批軍馬包圍楚營，唱其楚歌，調出淒涼。項羽大驚：「難道劉邦真已占領楚地？否則漢軍裏怎會有此多楚國人？」

楚兵聽到四面傳來家鄉歌聲，勾起了思鄉情緒，不禁黯然神傷，加上兵糧用盡，一下軍心垮散，失去作戰士氣。

項羽愛妃虞姬亦聞歌聲，心知局勢已難以挽回，悲痛之餘拔劍自刎。項羽眼見四面受敵，士兵哀嚎，愛妾已死，禁不住流下兩行英雄淚，跨上愛騎烏騅馬衝出重圍，在烏江河畔自盡。

1953年7月16日，東山戰役，由美國西點軍校畢業的「獨眼龍」漢密爾頓中校擬定的作戰計畫，國民黨中將胡璉任指揮官，預定36小時內攻占東山島。

東山島為福建沿海最南端的島嶼，有解放軍公安第80團及1個水兵連共1200人駐守，團長是閩西老紅軍遊梅耀。

7月15日夜裏，國民黨軍出動約1萬余人由水鬼打頭陣從金門祕密出發。7月16日凌晨國民黨水鬼首先登陸，一萬余

人全數登陸後共軍節節敗退。共黨余軍死守「八尺門」，等待後援。7月17日共黨部分援兵趕到，對國民黨軍喊話：「中國人不打中國人，你們的父母和兄弟姐妹們正等著你們回家！」，國軍離家已久，思鄉的哀愁和想念家人的情緒立刻被拍動，大部分人含淚放下武器。共軍見心理戰湊效，不等全數援兵到達，立即反攻，在中午扭轉局勢，重新奪回東山島主控權，直到當日黃昏，國民黨軍指揮官胡璉宣布撤兵，當時潮汐已變，部分官兵不得不涉水登艦，加重損失。

中國人民解放軍在此戰役殲敵3379人，俘敵715人，炸毀坦克兩輛、擊沉登陸艦三艘、擊落飛機兩架。解放軍傷亡1250人。蔣介石對胡璉破口大罵：「你把我三年來的老本一次耗光！」。

10日後，1953年7月27日美國同北韓代表在板門店簽署停火協議，南、北韓戰爭結束，北京開始將解放軍的主要兵力朝向臺灣。蔣介石沒再派兵反攻大陸，他相信國際上不斷變動的情勢，反攻時機必會再現。蔣經國從親手訓練的203名情報人員中，挑選出21名最優秀的分別進入香港，4名留置在吊頸嶺，其余的化妝成各種身份，分批潛入廣州和深圳。

也不知道自己這樣撕心裂肺，混混沌沌得過了幾天，黃蜂在馬路上找到我，「先生，坐車嗎？」

　　我上了黃包車，黃蜂把我拉到『榮發藥鋪』，我下車付了車費走進去，看到一個在藥鋪裏幫人抓藥的年輕人，正是那天在美心西餐廳化裝成服務生與我接觸的同志。他帶著微笑對我說：「先生，抓藥還是把脈？」

　　「把脈。」

　　「大夫正在幫人把脈，您等一會。」

　　「好。」我在一旁的椅子坐下。

　　年輕人雙手奉上一杯茶過來，「您請用茶！大夫一會就好。」

　　我向年輕人點頭。

　　沒幾分鐘，一個老人走出來，拿了一副剛寫好的藥方給年輕人抓藥，年輕人接過藥方後抬頭對我說：「先生，到您了。」

　　我一掀開布簾走進去，風車就對我說：「你氣色不太好啊！把手給我。」

　　風車幫我雙手都把過脈後說：「先生，想必您事業做得很大，睡眠少，應酬多。我給你開五天的方子，吃了以後可以改善，便閉也會好很多。」

　　「多謝大夫！」

風車看我雙眼無神，忽然伸出雙手按住我兩邊太陽穴，同時用大拇指緊按我眉心，順著眉毛往外側大力推去，這樣做了三次，我感到一股氣從頭額降下，雙眼頓時明亮起來。

　　「你這是什麼手法？」我問。

　　「看你中氣不順，幫你開了血脈，讓你清醒一點。有任務給你。」

　　我深呼吸了一口氣，腦子更加清爽起來。

　　風車：「後天早上8點，松針會由美國領事館的人護送到機場，我們不知道他要搭哪一班飛機。香港的美國領事館裏面就有中情局部門，松針到機場的一路上必定會由中情局護送，他們的車子全是黑色玻璃窗，無法知道松針到底坐哪一部車，我們唯有在機場下手，只有一次機會。失去這次機會，我們將很難再找到他。」風車從抽屜裏拿出兩只鋼筆，拔開第一只鋼筆，裏面是一只尖銳的鋼針。再拔開第二支鋼筆，裏面是注射器，「只要往末端一壓，就會有氰化鉀流出，它的量不多，但是一注入咖啡、茶、水裏面，喝上兩口就足以斃命，它只有少許的杏仁味，一般人很難發覺。」風車把兩只鋼筆套上，放到我面前，「松針在機場下車到上飛機這段時間，任何機會都不能放過，組織臨時組成一個六人暗殺小組，包括我在內。我們6個人是組織在香港近30名特工中最優秀、最具經驗的，可見組織對這次行動的重視以及

謹慎的態度。明晚8點我們6個人準時到這裏集合，我會公布行動計畫。」

我把兩只鋼筆放進胸前的口袋裏。

風車拿起桌上的茶喝了一口，說：「明晚廬山同志也會到，我希望你能穩定自我，把精神集中在任務上。」

我的心跳突然加速，全身都感覺到心臟的跳動。

風車看到楓葉變了臉色，馬上盯住他的雙眼，似乎是想看他的反應，確認他適不適合參與這次的行動。

楓葉察覺到風車的眼色，「你放心，我會以任務為重。」。

「嗯，你有這樣的自覺是好的！」風車說，「顧雅芝那邊，你需要再進一步了，時間拖久，人情就會冷卻。」風車向外面叫了一聲：「光仔，你進來！」

外面抓藥的年輕人馬上放下手中的活走進來。

「光仔已經在香港潛伏了7年，他的代號是『紅屋』，平時沒出任務的時候，是我藥鋪裏的幫手，他會協助你接近顧雅芝。」

我站起來和『紅屋』互相行過軍禮。

光仔：「我已經留意顧雅芝一段時間，她每天中午外出吃中飯只固定去附近一家茶樓和兩家西餐廳，晚上回到家後就很少出門。」

我說：「好，明天我們一起去她吃飯的餐廳和她『偶

遇』一次。」

　　第二天中午。

　　我坐在中環一家小面館裏，大約到了12點半，紅屋走進來說：「她和一個朋友剛剛進了茶樓。」

　　我付了桌上只喝了兩口湯的餛飩面，和紅屋走出去。

　　我和紅屋穿的都是體面的西裝，一進茶樓很快就看到顧雅芝和一個女人在前方的一張桌子。

　　我和紅屋走到顧雅芝的桌子前說：「人都滿了，不介意和妳拼桌吧！」

　　顧雅芝露出驚奇的笑臉，很有風度地站起來和我握手，「真巧！胡先生，快請坐！」

　　我向顧雅芝介紹紅屋，「這是我的朋友陳光年，我們正好在附近談生意。」

　　顧雅芝：「這位是王麗，我的好朋友。」

　　大家邊吃邊聊，一直到1點15分，顧雅芝看了一下手錶說：「我得回去上班了！」

　　我沒有要求幫顧雅芝買單，不要給她有任何人情壓力，只是和紅屋一起站起來向她們道別。

　　自從上次顧雅芝在美心西餐廳和胡軍認識後，心中仍然覺得有趣，林廣三的手下講話溫文有禮，在這熱鬧的茶樓裏

用餐，說話也不會大聲。

目送顧雅芝和王麗走出茶樓後，紅屋說：「再和顧雅芝見幾次面，更熟絡以後，你可以開始私下邀約她了。」

「嗯！」

「我怎麼覺得這個王麗在哪見過？」楓葉摸著下巴，想不出來。

「你有沒有注意到，她的廣東話雖然說得很流利，可是偶爾幾個字裏會有東北腔跑出來。」

「嗯，我注意到了！可是我所認識香港金融界的東北人裏沒有她。」

楓葉慢慢地說：「顧雅芝說王麗在恒生銀號做事，是保定人，但她的口音卻是東北腔，這個人要格外留意，讓組織查一下。」

「好。」

我在晚上7點50分走進榮發藥鋪，很快就可以再見到婉俞了，我的心跳漸漸快了起來。

紅屋請我上藥鋪閣樓，風車已經坐在一張桌子前，桌上有一張啟德機場的平面圖，我向風車行了軍禮後坐下。看著手錶，7點56分，陸續4個人的腳步聲傳來，婉俞最後一個走上閣樓，我終於見到了她，在這麼近的距離再見到了她！

婉俞沒有多看我，在風車面前，我也沒多看婉俞一眼，

可是我心中有多少話想對她說，那些話從心裏浮到我口中，再被我硬生生地壓回心底去。

上到閣樓的同志們對風車行過軍禮後，圍著桌子坐下，婉俞是這次行動中唯一的女性。風車一個個幫我們圍著桌子做了介紹，從他的右手便開始，「老狗，農夫、流星、盧山、畫家、楓葉。」被念到的同志立刻起立。

風車：「大家請坐。」不浪費時間開始講解明天早上的行動，「我們得到的消息是松針明早8點會離開美國領事館，我們估計至少會有兩輛車和松針一起到機場。我們裏面只有楓葉見過松針，只要楓葉一確認松針後，我們會在機場下手，所有人聽我的指令行動，我和楓葉明早6點就在美國領事館附近待命，其他人6點必須到達機場待命，我會依情況下達指令。」風車拿出5個耳機，表面上看起來是助聽器，「大家現在測試一下」。

風車拿出手掌大的無線電對話器，所有人的耳機都聽得非常清楚。

風車：「大家今晚把耳機的電源關上，明天到了機場再打開。」風車指著桌上機場的平面圖，指出他要其他4個同志在機場就位的位置，「我和楓葉一到機場就會以無線電通知大家，記住，我們只有一次下手的機會。我們是在處理黨的叛徒，這是我們的家事，沒有人可以說什麼，但不要傷到美國人，不要和中情局產生額外的仇恨和事端。楓葉，你今

晚就睡在這裏。」

　　我必須再次放下對婉俞的私心，把所有精力集中在這次的行動。見到你所愛的人在面前，你們是那麼的接近，卻無法對她道出半個字的愛意，還要努力用盡全身的力氣將這份感覺壓住，這種折磨，生不如死。

　　婉俞和其他3個同志下樓離開，風車拿了草席、枕頭和棉被給我，沒多久我關上燈躺在閣樓地板上，腦中想著婉俞剛才的樣子，久久揮之不去，不知到了幾點才睡去。

　　早上5點一刻，紅屋上來閣樓把燈打開，「楓葉同志，請到樓下喝點粥。」

　　不到6點，我和風車已經在離美國領事館4條街口的車上。

　　風車看楓葉兩個眼圈發黑，「看你昨晚沒睡好，再睡一下吧！等車子出來我再叫你。」

　　「我沒事！」

　　車子啟動的聲音把我吵醒，我不知道睡了多久，一看表，8點04分，風車踩下油門，跟上從美國領事館出來的兩部車。

　　風車的跟蹤技術很好，我們一路上離得非常遠，都沒有跟丟，一直到了機場。

　　進入機場，前面兩部車除了司機，所有人都下車，他們

並沒有開到停車場再一起下車。

風車：「看到松針了嗎？」

「太遠了，看不清楚。」

「你現在下車跟住他們，我去把車停好立刻到機場內跟你會合。想辦法靠近他們找出哪一個是松針。」

我立刻下了車，從另一扇門走進機場，慢慢靠近他們。

他們一共有7個人，每個人都穿黑色西裝和黑色領帶，我必須不停找身邊經過的人做遮掩，以防松針看到我。

當我靠近他們大概70公尺的時候，還沒認出松針，卻認出那天在黑蛾和鐵輪遇害現場與我交手的洋鬼子！

他果然是中情局的人！！

他們走向航空公司櫃臺拿票，是泰國航空。

耳機裏面傳出風車的聲音：「我現在停好車，跟著他們兩名司機走進機場，我剛剛進入北面2號門。楓葉剛才比我先下車跟著他們，老狗和畫家去西面入口找楓葉，其他人留在自己指定區不要離開。」

2分鐘後老狗和畫家找到我，風車的聲音又出現在耳機裏：「畫家到印度航空的櫃臺來找我。」

我和老狗一直跟著他們到出境口，我們停在一條大柱子後面。

老狗：「他們動作真快，一點時間都不浪費！」

這時風車和畫家找到我們。

我一直盯著他們，老狗對風車說：「泰國航空，他們就要進去了！」

　　我說：「松針戴了假髮和假鬍子，手上拿著灰色公文包的那個。」

　　風車的目光立刻掃到了松針，想了幾秒鐘，拿出對講機，「流星、農夫、廬山聽好，松針即將進入出境口通過移民局櫃台，我們這邊沒機會下手，松針要搭的是泰國航空，他身穿黑色西裝，黑色領帶，手上有灰色的公文包。」

　　風車說完放下對講機，我就立刻對風車說：「我看到黑蛾和鐵輪遇害那天與我交手的老外，他也是護送松針裏面其中的一個。」

　　風車狠狠地說：「他媽的！果然是中情局。」

　　我說：「我們等他們回到停車場的時候做掉他。」

　　風車不斷得深呼吸，腦子裏思考著。

　　老狗：「是他們先殺我們的人！」

　　畫家：「他們進去了！」

　　大家看中情局的人示出證件，一起走入出境口，看來美國領事館已經事先和機場打過招呼，要護送松針到登機門。

　　風車拿起無線電：「我們沒有護照和機票，過不了移民局這個關口。我們知道松針要搭的是泰國航空，楓葉留在原地，所有人跟我一起到南門機場大樓外，找閘口進登機區。」

我看所有人快速聚集到南門落地玻璃窗外和風車一起離開了機場大樓。

　　風車熟記機場平面圖，和其他4個同志找到切入口翻過鐵絲網，從一個機場工作人員的進出口進入了登機區。大家動作迅速利落，進入登機區的時候，松針和中情局的人還在移民局關卡排隊。

　　等松針和中情局的人通過移民局櫃台進入登機區，風車一夥人遠遠跟在他們後面。

　　中情局的人緊緊圍在松針身邊，根本無法靠近，「諜對諜，任何伎倆都使不出來！」風車自言自語說。

　　松針和中情局的人走到登機門前的椅子坐下，如果一有人靠近，所有中情局的人全都盯著，準備隨時掏槍。

　　風車心想：完全沒漏縫！如果來硬的，做掉松針的同時，就必須把中情局的人都打趴了才能全退，必須出其不意！

　　這時候，一個泰航的空姐拉著一個小皮箱走進登機門，沒多久又一個空姐走進去。

　　幾分鐘後，風車看遠處又有一名泰航的空姐拖著小皮箱緩緩走過來，「廬山，化裝成泰航空姐上飛機，等飛機起飛以後下手。想辦法讓現在走過來的那個泰航空姐到洗手間，穿上她的制服登機。」

　　廬山立刻朝那個泰航空姐走去，經過她身邊的時候，忽然

彎下腰說肚子疼，一臉痛苦地拜託那個空姐扶她到洗手間。

2分鐘後，盧山穿著泰航的制服拖著一個小皮箱從洗手間走出來，經過風車的時候說：「那個空姐倒在馬桶間，隨時會醒。」

「交給我！」風車說。

45分鐘後開始登機，中情局的人和松針握手，松針一個人上了飛機。

風車和其他三人回到機場大廳與我會合。

我對風車說：「我們現在去停車場做掉中情局的人幫黑蛾和鐵輪報仇！」

風車面色嚴肅，眉頭緊繃，「你畢竟沒有看到是誰下的手，說不定是松針他動的手，這件事我必須請示組織。」

「還需要證據嗎？松針要殺鐵輪還可以，但是他根本不是黑蛾的對手。是中情局的人下的手，然後在那裏等我要連我一起做掉，牽扯上毛森的人他們全部要做掉！」

「這也有可能是毛森的意思，松針只是被收買，這種事我們不能私自動手，一定要有上方的指令。」

我不再勸風車，全身忍住這隨時會爆發的衝動，就讓這個復仇的機會隨著時間一分一秒白白劃過。

當天晚上十點半，盧山還是穿著泰航空姐的制服由曼谷

飛回香港。

　　第二天香港報紙登出從香港起飛到曼谷的一名飛機乘客死亡，初步斷定是食物中毒，但是同一班飛機的乘客與當日香港啟德機場的人都未傳出有任何中毒反應，警方懷疑死亡的乘客是在進入啟德機場前所食用的食物有問題。

張發奎，畢業於武昌陸軍中學，國民黨名將，抗日戰爭期間指揮淞滬抗戰。1949年3月任中華民國陸軍總司令後與蔣分歧，公開支持李宗仁，於蔣退守臺灣半年前辭職定居香港。在港擔任客家祖籍之「宗正總會」會長。

　　蔣敗退至臺灣後，美對蔣失望，同時為消滅中共，計畫另尋第三勢力扶植，幾經考量，中情局於1950年底開始在香港接觸張發奎，雙方合作共組新政治勢力。1952年，張發奎在美方經濟資助下成立「中國自由民主戰鬥同盟」，成員近300人，其中包含國民黨、共產黨、民社黨、青年黨……，共同建立完整新組織體系，成立財政、政治、軍事、宣傳部，再祕密組織游擊隊，增設軍委會，開辦大學。張發奎自任三軍總司令，對外宣揚有6支遊擊部隊暗藏中國6個不同地點，更有儲備軍力23支游擊隊、8大部隊、2艘機動船和美方做為後盾，準備進軍大陸。

　　張發奎同時引起毛與蔣不滿，共黨與國民黨特工死盯張發奎一舉一動。

　　蔣曾多次派人到香港與張發奎接觸，奉勸現在做的可以繼續，蔣也可以在資金與軍力上支持，但張必須歸隊國民黨。張在美國人的根基上再創人生新高點，如日中天，拒絕歸隊。

　　同年，臺灣首先以之前和美方共同訓練出來的蛙人，又

稱「水鬼」，突襲大陸東南沿岸，做先鋒搶灘，可是突襲的時間與地點頻頻被潛伏在臺北國防部高層裏的中共特務事先電報傳送到福建。

楓葉多次在香港上流階層的宴會中「巧遇」顧雅芝，最後一次是在英國人的工商晚會上，楓葉邀請顧雅芝和她的好友王麗，與幾位銀行界的朋友在周末搭他的船出海一日遊。

　　在結束出海一日遊時，顧雅芝答應楓葉在後天單獨赴會共進晚餐。

　　第二天下午，吊頸嶺的藍先生和黎師長來找林廣三。

　　藍先生、黎師長、林廣三，肥陳、關在辦公室裏談了一整個下午，楓葉後悔沒有在林廣三的辦公室裏裝上竊聽器。

　　晚上，林廣三帶上楓葉、肥陳、牛叔、阿祥去按摩，結束後林廣三把幫他按摩的小姑娘帶出來，大家先在按摩店樓下的一個攤子打邊爐。

　　酒過三巡，大家又吃得撐，一輛卡車忽然在攤子前面停下來，跳下十幾個手拿西瓜刀的人。

　　「三哥，快走！」楓葉大聲叫出來，立刻拿起椅子擋了兩刀。

　　阿祥雙手交叉，從袖子裏抽出2把飛刀射出去，都射中對方要害，再抽出2把射中砍向林廣三的人。

　　牛叔踢翻桌子，擡起桌子擋在林廣三前面，林廣三丟下身邊的小姑娘跑回樓上的按摩店，肥陳緊跟在他身後。

　　我拿著椅子也朝樓上的按摩店跑，在樓梯上擋在林廣三

和肥陳後面打倒一個，接著又有6、7個刀手來勢洶洶得湧上來，林廣三和肥陳進入按摩店裏面後竟然將門反鎖，不顧我死活！

我退到按摩店門口大力拍門，林廣三死都不開，我的背貼在按摩店的大門，做垂死的掙紮，手臂上不停地掛彩。

牛叔和阿祥撿起地上的西瓜刀，跑上樓梯從這些刀手後面砍死了幾個，一直到把所有刀手都砍到倒地為止。我們3個人滿身滿臉的血，分不清是別人的還是自己的。

阿祥走過來拍按摩店的大門，「三哥，都搞定了！三哥⋯⋯」

過了好久，按摩店經理慢慢把門打開，嚇得牙齒上下打震。

我看見林廣三在裏面雙手握著一把槍指向門口，肥陳縮在他旁邊，他剛才肯定是嚇得來不及掏槍，他要是能先開槍幹掉幾個，我們也不會傷得這麼重。

阿祥走進大門說：「三哥，都擺平了！」

林廣三大大松了一口氣，說：「看有沒有活的？」

我們一路下樓走，樓梯上躺著一堆人中有幾個還剩一口氣沒閉眼。

「這裏兩個還沒死！」牛叔說。

林廣三走過來，對其中一個說：「誰叫你們來的？」

兩個人都不說。

林廣三：「告訴我誰叫你們來的，我送你去醫院。」

兩個人還是不出聲。

林廣三舉起槍朝其中一個的腦袋開了一槍，再問另一個：「告訴我，我不殺你。」

「是……梁……湛。」

林廣三：「他給了你們多少錢讓你們這麼拚命？」

「每個……人……兩百塊……安家費……」

林廣三：「丟你老母個梁湛！一個人兩百，你還真捨得。」舉起槍朝地上和他說話的人也開了一槍。

林廣三走到樓下，看地上躺著有的死有的傷，再看牛叔身上還在滴血，「你要不要緊啊？」

「我沒事！」牛叔說。

林廣三收起了剛才在按摩店裏握槍的窩囊相，一下子回到平常的跋扈，「沒事！你還有多少血可以流啊？滴得滿地還沒事！你們3個去醫院吧！肥陳，把沒死的全殺了。叫吊頸嶺的人明天過來見我。」

肥陳擦去一臉的冷汗，撿起地上的西瓜刀，把地上還沒死的，在胸口上都補了一刀。

林廣三走到攤子後面，拉出剛才被他從按摩店帶出來的小姑娘，看她褲子嚇出了尿，全身縮成一團還抖個不停。

「妳怎麼嚇得拉尿了！」林廣三看她褲子一片濕的，「快點到樓上換個衣服跟我走！」

小姑娘嚇破膽了，手腳發抖根本走不動。

林廣三：「算了，算了，先跟我走吧！我再買新的給妳穿。」拉上小姑娘走出街口，叫上黃包車離開。

我和阿祥、牛叔、肥陳也帶著傷慢慢走到街口，叫上黃包車到醫院。

第二天，我睡到中午才醒，要不是林廣三和吊頸嶺的人要見面，還真不想強迫自己起來。

我到了公司見林廣三還沒到，進了他的辦公室裝上一個竊聽器。

下午2點多，林廣三走進辦公室。當牆上的鐘走到3點整，藍先生和黎師長一起走進來，林廣三一見他們進了辦公室來，便上前把辦公室的門關上，我帶上耳機，他們談話的內容我全部聽得一清二楚。

一年多前江湖中的白公子60大壽，在得意樓宴請六十桌，道上有頭有臉的人物都到場為白公子慶生。林廣三當時坐在義安公司分堂主董國豪三姨太的旁邊，喝多了兩杯開始對董國豪的三姨太出言調戲，到後來還毛手毛腳，董國豪二話不說拿起桌上酒瓶要朝林廣三的頭砸下，想不到在另一桌的阿祥射出飛刀刺中董國豪的手，酒瓶掉在桌上，林廣三立刻拿起酒瓶朝董國豪頭頂砸下去，頓時林廣三和董國豪兩邊

的人馬都靠過來。董國豪抱著一頭血疼得蹲到地上，義安公司的另一個分堂主，也是董國豪的結拜兄弟梁湛硬把場面壓下來，叫人把董國豪扶去看醫生，等到當晚壽宴散場，梁湛和林廣三談判，談判結果是三日後林廣三照請當天宴客，當大家面向董國豪敬酒賠罪。

三日後，林廣三照辦，可想不到宴席上董國豪的三姨太竟然坐到林廣三旁邊，林廣三又一次當大家面給董國豪難看，董國豪把酒杯丟到地上，留下狠話憤而離席。梁湛說林廣三不對，林廣三說：「腳長在她身上我有什麼辦法？」

當晚林廣三走出飯店門口遭董國豪帶人襲擊，林廣三大腿被砍斷腳筋，董國豪的三姨太當場被砍死。林廣三下暗花要董國豪的命，出動幫會所有上千人把整個香港和九龍翻個天翻地覆，連警察出面都不放在眼裡，誰來說情都沒用，從此董國豪在香港消失，有人說他回老家東莞躲了起來。

昨晚在按摩店樓下，刀手說是董國豪的拜把兄弟梁湛買兇，林廣三猜想梁湛可能看一年多前的風聲過了，想幹掉自己好讓董國豪回香港。只要董國豪和梁湛不死，林廣三就沒辦法睡得安心，可是他又不方便過境大陸到東莞幹掉董國豪，於是和藍先生交換條件，只要潛伏在廣東省的國民黨特務能夠幹掉董國豪，他就等張發奎攻進大陸的時候，掃平他在香港的『戰盟』總部。

我當晚搭上黃蜂的黃包車去和顧雅芝赴約，下車的時候把傳遞信息的紙條放在黃包車座位旁的夾縫裡面。

　　只要是找顧雅芝和一群人一起出去時，顧雅芝都會叫上王麗，一開始我以為王麗不過是顧雅芝的閨蜜。

　　那天大家一起算上我一共5個人，都是顧雅芝在香港金融界聊得來的朋友，大家到英國馬球俱樂部去騎馬，晚上再到油麻地著名的美都餐室吃飯，那是一家港式茶餐廳。當時港式茶餐廳正流行起來，是顧雅芝提議去的地方。

　　顧雅芝告訴我，這幾年她只和最好的朋友王麗到處逛街飲茶，無話不談。這幾個月和顧雅芝相處下來，當我們到茶餐廳吃飯時，我開始看到她在談笑之間，神情上逐漸露出童真的喜悅，和以往禮貌的笑容完全不一樣；愛情真的可以改變一個人的內心！

　　我抓緊機會，每個周末單獨和她出去看愛情電影，去海邊，去山頂，黃昏時到五支旗桿散步……，她喜歡跳舞，我們每次晚餐都到有舞池的餐廳，跳過舞後才結束一天的約會。偶爾在平時的夜晚，紅屋會在她家門口放下一束玫瑰花，按了電鈴就離開，當她開門的時候，看不到我，只看見玫瑰花。兩個月後，我在夜晚的山頂上，一片萬家燈火的夜景前吻上她，她抱住了我。這每一步驟和所有約會的地點，都是紅屋的策劃。我開始在談話中問她工作上的事，她也開

始跟我說到匯豐銀行和孔家之間的往來。

禮拜天，顧雅芝約上我和幾個好朋友到美國俱樂部打網球，也叫上了王麗。晚上到有舞池的法國餐廳，我和顧雅芝先到舞池跳了半小時，吃完牛排又跳了一個小時，我看到顧雅芝整晚稚氣的笑臉，雙眼變得非常單純又柔和。

我們今天開了兩部車，晚飯結束，因為順路的關係，我先送顧雅芝回家再送王麗。其餘的4個人坐另一部車。

顧雅芝下車的時候跟我道謝，「謝謝你今天當我們的司機！」我再次看到她臉色映出不同以往的喜悅，接著像個少女似的轉身走進自己家大門。

我把車子開到王麗家門口，王麗下車的時候說：「我的腳好像扭到了！」看她右腳沈了一下。

我把車熄火，下車去扶她，「剛才看妳還好好的，怎麼回事？」

「可能太久沒運動了！」

我扶著王麗，一直扶著她進屋裏，本想掉頭離開，王麗說：「那個櫃子裏有老虎油，麻煩你拿給我。」

我走向客廳牆角的一個小櫃子，打開抽屜拿出一瓶老虎油，順手打開櫃子上燈的開關，整個客廳明亮起來，看見王麗的客廳布置得非常有品位，還有一個小吧台。

我把老虎油拿過來，王麗：「請幫我從酒櫃裏把威士忌拿來。」

王麗慢慢得走到吧台坐下，很順手得接過威士忌倒了兩杯。

王麗喝了一口說：「還好有你在，否則要我一個人走進屋裏來可就辛苦了！」

「沒事！」我說完話就一口把酒喝光想要離開，畢竟我的目標是顧雅芝，她又是顧雅芝的好朋友，不要拖拖拉拉得節外生枝。

王麗又在我杯子裏倒了酒。

我說：「不喝了，我先走了！」

王麗：「再喝一杯嘛！我都倒了。你幫我看一下我的腳有沒有腫？」

是不是顧雅芝和王麗想試探我？

我再一口把酒喝掉，想盡快看一下王麗的腳就走。

「哪裏扭到了？」我蹲下看王麗的右腳，王麗坐的吧台椅子比一般椅子還高，她穿的是網球裝短裙。「膝蓋扭到了。」王麗說了慢慢把兩腿打開，讓我看到她絲質的白內褲。

我咽了一下口水，再抬頭看王麗，王麗緩緩地說：「你幫我揉一下膝蓋看看。」

我輕輕地伸手揉著王麗的膝蓋，王麗把雙腿張得更開讓我看，一只手放在我揉她膝蓋的手上，看我沒拒絕，再把另一只腳搭上我的肩膀，用手把我的臉壓向她的大腿內側，我不自主得親了起來。「這邊也要！」王麗說了把另一只腳也

跨上我肩膀。

　　沒一會，把我拉起來，同時伸手去摸我的褲子，看我有了反應便解下我褲子，她將自己的內褲拉開一邊，我們兩就在吧台椅子上幹了起來。

　　我很驚訝，王麗的需求很大，她要了一次又一次，等到我搞了她3次，她才癱在吧台椅子上不再動。

　　我心情慢慢平復，頭腦漸漸清醒，我根本不應該碰王麗！

　　如果王麗是在試探我，她就會在適當的時候阻止我。可是就算不是試探，我將來和顧雅芝的交往，就徹底被王麗牽制。我如果不聽王麗的話，她就可以拿這件事威脅我！

　　我知道天下沒有後悔藥，後悔也無濟於事，所以我不會花時間去後悔和懊惱。有一點讓我想不通的，以王麗這麼悶騷放蕩的個性，顧雅芝怎麼會和她成為這麼久的閨蜜？風車讓我看過的資料上，顧雅芝成為寡婦之後，和異性之間一直是空白的，而以我和顧雅芝相處的這段時間，幾乎可以斷定她在異性方面是一個非常保守的女人，她們兩個人的性格格格不入，不應該會成為無話不談的長年知己？

　　我坐到客廳的沙發上休息，試探地問王麗，「我們接下來怎麼面對顧雅芝？妳是她最好的朋友，而我是她的男朋友。」

　　「當然不能讓她知道。」

「妳為什麼要這麼做？」

「這種事不是雙方都願意才會發生的嗎？」

我停了一下說：「妳為什麼願意？」

「我寂寞。」

「為什麼找我？」

「時間和氣氛都到了，這種事兩個巴掌也拍不響！」

「妳知道我在追求顧雅芝。」

「你不要的話我能強迫你嗎？」

王麗把今晚的事硬說成是雙方願意，我果然成為了王麗的棋子！

我沒有把和王麗發生關係的事對風車報告，但是我再次向紅屋要求王麗的資料，紅屋告訴我他們已經在查，可是查不出什麼東西，可能要花上久一點的時間。

我常常在晚上回到家後接到王麗打來電話，要我過去陪她。我試圖把我和王麗之間的關係打住，寄望和她發生關係的事可以靠保持距離和時間來與她疏遠。可是只要我一拒絕王麗，她就要到我住的地方來。為了不讓黃蜂和組織發現我和王麗的關係，我只好答應王麗去她家，還常常被王麗強迫在她那裏過夜，王麗床上的花招很多，我愈陷愈深，一直到無法自拔！

平時我和顧雅芝約會，晚上到王麗家過夜，心中還是

會浮現出婉俞的畫面，經常是我最後在啟德機場看到她的樣子。有時候和王麗上床時，依然無法克制婉俞在我腦海裏不斷浮現。

搞上王麗不是組織給的任務，當我抱著王麗又想到婉俞時，心裏會萬般痛苦；想到婉俞現在是不是也和我一樣抱著別的男人的身體，我生理上就會沒有反應，王麗再慢慢把我搞硬，然後坐到我身上不停地要，要到我想吐。

我開始憎恨我特務的身份，就是為了黨，我也痛恨我自己。

很快的，每當天黑以後我就開始感覺到孤獨，我想去查和婉俞在一起的那個英國海軍上校威爾森，只要一找到他，就能找到婉俞在哪裏。我真的太想婉俞了，可如果去查威爾森上校不但違反組織紀律，而且很快就會被風車知道，更何況婉俞的自律性很高，就算真的見到婉俞，她一定會通報風車，我就會立刻被調離香港。

酗酒已經無法頂替夜晚孤伶的時光，我需要人陪伴，需要性的歡愉，需要王麗，我總是回到那墮落的舒適地帶。

1953年7月27日，朝鮮爭戰結束，解放軍開始將重心轉移到臺灣海峽。

同年12月，美國「西方公司」加入臺灣國防部參與作戰訓練與軍事顧問，並大量注入資金。

隔年，1954年國民黨廣東、廣西失守，留守範圍只剩沿岸的江山島、大陳島、澎湖、金門、馬祖。

同年10月底，國民黨外交部長葉公超在華府與美國國務院開始談判模定『協防條約』。談判將近一個月的過程，有主要三點：一，美軍協防所涵蓋的範圍。二，美方企圖以協防條約，不許蔣介石主動對大陸發起軍事行動。三，美方對國民黨日後在臺、澎、金、馬的部隊有發言權。

華府對葉公超強調，堅持第一項與第三項是擔心蔣介石單方面的軍事行動會導致美國卷入與中共之間的矛盾。葉公超反駁這些都是假設性的問題，實際上不可能發生。近一個月的談判過程與內容，都由潛伏在臺北總統府內的中共特務及時傳送到北京。

同年12月2日，葉公超與美國國務卿杜勒斯分別代表臺、美兩方簽訂〈協防條約〉，雙方同意在文字上進行斟酌，將第三項內容更改為「未來在臺、澎、金、馬的國軍部隊，不達到可能嚴重損害防衛能力的程度……」。華府希望以此條約牽製國、共雙方達到維持當下的軍事現狀，尤其是

能嚇阻共軍對臺灣的軍事效應。北京獲得此密電後立即加強福建沿海與香港對臺的諜報工作。

林廣三把肥陳、我和阿祥叫來，在他的辦公室裏關上門對我們說，要我們3個準備在兩個月後，等戰盟出兵大陸時，即刻帶上300人馬攻占戰盟總部，必須找到張發奎，生死皆可。

　　我當晚把這個消息傳送給黃蜂，下黃蜂的黃包車時，黃蜂說：「明天晚上8點以後不要出門，紅屋查了王麗的背景，有些資料要和你核對一下。他會化妝成水電工人去找你。」

　　「知道了，我會在家裏等他。」

　　天黑後7點，王麗打電話來叫我過去，我說等一下有人來修水管，不知道要弄到幾點，等修好以後再過去。

　　8點正，紅屋打扮成一個水電工人，手上還有一個工具箱，進到我家裏，我倒了一杯茶給紅屋。

　　紅屋從他的工具箱裏拿出一份文件給我看，我一邊看一邊聽紅屋說：「王麗3年前開始在中環的恒生銀號做事，你手上這份是她當初進恒生銀號自己所填寫的資料，1942年畢業於廣東中山大學財經學院，然後到上海的德國銀行做過副理，解放前到香港的東美船務公司擔任財務經理，戰亂期間東美船務結束營業，她再到現在中環的恒生銀號擔任投資部副理。」

「除了這份履歷，其他查的怎麼樣？」

「上海德國銀行在1944年結束營業，香港東美船務公司在47年撤回美國，這些都無法查，中山大學有她就讀和畢業的記錄，可是沒有其他證明。」

「畢業照也沒有？」

「有，整個財經學院只有一張42年的黑白團體畢業照，每個人的臉小又看不清楚，其他的照片沒有。」

「她保定老家呢？」

「組織派人去查過了，42年的時候整個村子被日本人炸了，查不到。」

「這樣的話，照時間算下來都很合理！42年她畢業的那一年，也就是全面抗戰期間，保定的老家被日本人炸了，回不去，於是到上海這個大都會找到了德國銀行的工作，沒多久德國銀行也因為戰亂，和其他在上海的外國企業一樣抽離中國。她接著到香港的船務公司，又因為戰亂，香港的船務公司停業，然後到現在的恒生銀號。」

「你不覺得她在恒生銀號之前的資料都合理得無處可查，太過合理了嗎？還有她的東北口音怎麼解釋？」

「你擔心她是保密局的人？」

「你有沒有辦法找出一些她在恒生銀號之前的事實證明，和以前同事、同學的合照，以前工作單位的用品或徽章也行，我們就有實體可以對照。不管她是不是保密局的人，

都要有過去的痕跡才行。」

「我和顧雅芝有時候會去她家，我想想辦法。」我說，「你坐一會，我去一下廁所。」

紅屋坐在沙發上，看了一下房子周圍，目光落在眼前桌子上的報紙，順手拿起來看，怎麼都是舊的？翻了一下想找最近的新聞看，越翻報紙的日期越舊，隨便抽出一份看了一下，臉色突然俱變，趕緊去翻桌上其他的報紙，核對了一下，臉色更是難看。

楓葉從廁所裏沖了水走出來，看見紅屋臉色發青看著他，楓葉楞住停下腳步，「你怎麼了？」

紅屋：「這些報紙的日期很多都是你到香港之前的，這是怎麼來的？」

「我從黑蛾家裏拿的，怎麼回事？」

紅屋看著我說：「王麗是……千手！」

我定在原地說不出話。

當初查王麗是因為她有東北口音，是顧雅芝的閨蜜，莫非這一查，查出了她的底細？

我被王麗在心理和生理上，在和顧雅芝之間，被她搞得團團轉，莫非她真的是千手？

日本在香港的王牌特務『千手』是個女的？

這一切都太不可能，但也不是絕對不可能，如果王麗是

千手，那她知道我的真實身份嗎？是不是早就知道了？才把我搞得各方面都很被動！

　　我走到這堆報紙前面，慢慢地說：「黑蛾死了以後，這些報紙我看了又看，怎麼沒發現……」

　　「因為你到香港的時間太短！」紅屋從這些報紙中抽出幾張，一一攤在桌上，從最舊的那一份開始指給我看，「1949年12月，我方的粵華公司法人曹余貴參加一間西服公司的剪綵。」，指向第二份報紙中的一張相片「1950年4月，美國國際銀行香港分行的經理史丹利代表捐贈10萬港元給老人院」，指向第3份報紙上的照片「1951年6月，渣打銀行董事會主席之一的霍雷鳴爵士」，指向第4份報紙中的照片「1952年1月，上海商業銀行的總經理衛東民……」

　　我還是不太懂，皺上眉頭看著紅屋沒有說話。

　　紅屋：「這幾個人都出事了，官方的說法不是車禍死亡就是腦死在病床上。這些大多是香港金融界的社會名流，常常上報，你想想看為什麼黑蛾偏偏要留下這幾份？」

　　我把報紙一張張拿起來看，越看心裏越是發涼，因為這幾張照片都有拍到「王麗」，王麗不是照片中的主角，她只是站在主角身後眾多人群中的其中一個，很難被注意到，而且拿到這些報紙的時候我並不認識王麗，根本不會在照片中關注到她。黑蛾死了以後，我看這幾份報紙看了不下10遍，找不到任何蛛絲馬跡後就一直攤在客廳的桌上沒有再碰，後

來認識王麗以後也沒有再碰過。我的背脊上出現了一道透涼的冰痕，「原來黑蛾早就在注意她！但是不知道她是誰，最多只能猜出她是周遊在這些金融大亨中的交際花罷了！可是為什麼這麼篤定王麗就是千手？」

紅屋拿起最舊的那一張報紙說：「按報紙的日期看來，這張照片是在發報的前一天1949年12月5號拍的，1個月後1950年的1月9號，曹於貴同志在他自己床上死於中風，曹於貴同志死前的前幾天曾經對潘漢年同志說過想向組織申請離婚，和他現在的女朋友結婚，他的女朋友是在一間銀行做事的普通小老百姓，是日本遺孤。潘漢年同志說日本遺孤能從東北這麼遠到香港絕不一般，而且離婚對曹於貴自己將來的成分與黨員紀律評估會受影響，不管組織允不允許，讓他先找人調查一下他的女朋友。曹於貴同意，也請潘漢年同志過幾天到他家一起吃飯介紹雙方認識。曹於貴同志沒提到他女朋友的名字和在哪一家銀行工作。曹於貴同志死後一個禮拜，我方有4個潛伏在香港的同志被暗殺，均是曹於貴的下線。曹於貴和他下線4個同志出殯那幾天，都陸續收到以千手署名送來的白花圈。」

我的臉色發白，強迫自己鎮定以後說：「我聽黑蛾說過他和千手交過手，這手法也確實類似千手！」

我很快想了一下，還是決定不說出我和王麗的關係。一來怕在自己特工身份留下歷史污點，二來擔心我和王麗的關

係會傳到婉俞耳裏，三來組織要是知道了會把我立刻調離香港，那我就離婉俞更遠了！

紅屋走的時候把黑蛾的舊報紙都帶走要向風車呈報，我走到廚房喝了一大碗酒，感覺比較鎮定了以後，決定去找王麗。

我必須逼自己去找王麗，逼自己和她上床，不能露出半點異樣，否則我可能很快就和曹於貴一樣死得不明不白。

當我走進王麗的房子，她穿著一件透明的睡衣來開門，我可以朦朧地看見她胸前兩片上揚的乳暈，還有腹下一團黑毛。

王麗雙手搭上我的脖子，把胸口的肉擠到我身上，「怎麼，喝了酒？」

「在社團跟人喝了一點。」

「快進來！」王麗拉上我的手往屋子裏面走。

我又見王麗背部透明的薄紗，看到她的細腰和豐滿的臀部，可卻沒有任何一絲欲望。我只感覺到整個屋子的陰森，被拉著走進深黑的死亡；曹於貴同志是死在床上的，我整個身體漸漸涼了起來，不斷告訴自己必須撐住，維持和平常一樣的反應。

王麗牽我走進睡房，只開了床頭一盞小燈，端出事先倒好的兩杯威士忌，盯著我一杯全部喝下，她才喝，然後整個

人爬上床背對我跪下來，把雙腿打開說：「快點放進來！」

我根本硬不起來，不知道該怎麼辦。

忽然電話響起，王麗爬到床頭接電話，「嗯……好，我一切都安排好了，你可以隨時來……」

聽她說話的內容，讓我更加緊張，完全猜不透她的下一步是什麼，要不先殺了她，我才能活？

王麗把電話掛上，來到我面前，「你今天怎麼了？」一手把我的頭壓進她的胸脯中。

我完全沒了視線，感覺死亡更逼近我！

王麗把我的頭拉開，「你今天到底怎麼了？」

「妳太快了！」

「你一向都喜歡又猛又快的，不是嗎？」

「是！」我將王麗的雙手抓到她身後，抽出我的皮帶把它綁起來，然後狠狠得吸住她的乳頭，脫下褲子將她壓到床上大力幹了起來。我幹的全身是汗，幹到她像殺豬般地叫出來，幹到她活活癱瘓，全身無法再動彈，我才放心。

第二天早上，黃蜂傳話給我，組織開始對王麗做更深入的調查，這期間我必須在王麗和顧雅芝面前不動聲色。

下午，林廣三旗下一間賭場有人鬧事，叫我去處理。到了賭場，原來是輸光錢的賭客不認賬在鬧事，管賭場的人告

訴我這個人已經欠賭場三百多塊，我問：「有沒有欠條？」

「有。」

我看這個賭客已經翻了桌子，拿把刀子在自己身上畫了幾刀，一看就是輸錢輸到瘋了，整個賭場也因為他沒辦法運作。只要有人想上去抓他，他就朝自己身上刺上一刀，血流一身，「你們過來我就死給你們看，到時候欠的錢你們也拿不到！」

我叫人清場，把所有賭客都趕到門外，然後來到這個賭客面前，「老闆，什麼事啊？搞成這樣不更難收拾！」

「是啊！已經沒辦法收拾了，我豁出去了！」

「不過是欠錢嘛！這都是可以談的。」

「你們出老千！」

「輸錢就說是我們出千，那我們生意還怎麼做啊？」

「要不是你們出千，我怎麼會一直輸？」

「哎！」我嘆了一口氣，「你欠的錢我給你打個折扣，然後讓你分期還行不行？」

賭客稍微冷靜下來，「你給我打多少折扣？」

我叫上一旁管賭場帳目的：「阿東，他欠多少？」

「三百二。」

「我給你打個對折，一百六，每個月還10塊行不行？」

「不行，再少一點。」

「一百三好不好？」

阿東靠過來對我小聲說：「軍哥，賭債沒有還少於一半的！」

賭客聽到馬上說：「好，一百三，每個月還10塊！」

我對阿東說：「給他簽新的欠條，把舊欠條給他。」

阿東：「軍哥，這太大方了吧！他鬧事都沒跟他算……」

「我知道。」，轉向賭客說：「哪！我這麼幫你，你也要幫我，不然我不能交差。」

「你要我怎麼幫啊？」

「你在賭場翻桌子，所有人都看到了，這不能就算了！起碼要打一棍才行，否則將來任何人來賭輸了就翻桌，我們洪門的面子往哪裏放？」

「只打一棍？」

「就一棍，意思到了就行了！」

「那好！」

阿東讓這個賭客先把新的欠條簽好，把幾張舊欠條全給了他。

「來，一棍就好。」我把棍子握在手上說。

「就一棍！」

「嗯，快點！你已經賺了，別婆媽了！」

賭客慢慢地把手伸出來，我即刻朝他的肘關節敲下去，他抱住被打的整只手在地上打滾，痛得眼淚和鼻涕流了一地。

我看著他在地上滾來滾去，「行了！他這只手差不多斷了，這期間他沒法賭，可以把債還清了。」

阿東：「他還有另一只手，萬一再來賭怎麼辦？」

「每個月10塊只要遲交一天，把他另一只手也打斷！把他抬出去，叫門口那些賭客進來繼續玩。」

當我走出賭場，阿東追了出來，「軍哥，三哥打電話來要你到『千紅』去看一下，那邊有人鬧事。」

『千紅』是林廣三旗下的一家小舞廳，離賭場走路不到5分鐘的距離。那個地方不大，舞女大多上了年紀，來光顧的都是一些老頭和不入流的小混混。裏面灰暗，只有中間的小舞池有一點點亮光，和舞女講好價錢以後，在桌枱裏面幹什麼都行。

千紅舞廳開在地下室，我一下去，舞廳的經理就跑過來，「軍哥，幾個小混混在鬧事！」經理把我帶到幾個小混混的桌枱前，大概5、6個十幾歲的小混混對著舞女們大呼小叫。

「兄弟，來這邊都是為了找開心，發生什麼事啊？」我說。

其中一個最大聲的小混混指著其中一個舞女，「這個婊子要這個不行，要那個不行，當我沒料！……」

我把舞女叫過來：「怎麼回事？」

舞女：「他往我下面塞東西，我不要，也沒談價錢。」

我說：「那妳就和他談好價錢再讓他搞咯！」

舞女：「他說他沒幹到不算錢，還要一直弄……」

小混混大聲罵出來：「是啊！我又沒幹妳為什麼要給錢，老子不先驗貨怎麼知道等一下幹起來合不合胃口？出來做不讓人碰，這個不行，那個不行，耍我啊！」

我說：「兄弟，這裏做什麼都可以，如果你有本事讓她給你幹免費的我也沒話說，不過要雙方願意！我讓她給你賠罪，再給你換個人，這樣你也不會失面子，行不行！」

「行──！」小混混大聲說。

舞女跟小混混道歉，我叫經理給小混混換一個女人，再到櫃台後面坐上一陣子，看那幾個小混混沒再鬧事才離開。

晚上，黃蜂來接我去見風車。

走進榮發藥鋪內的小房間，風車馬上告訴我：「我們抗戰期間在廣州抓到的日本特務，給他看了黑蛾留下報紙上的相片，他承認王麗就是千手。」

我的心被一塊大石頭重重地壓下，幾乎要沉沒下去。

風車：「組織要我們要先查清楚千手搭上顧雅芝的目的。除了千手還有多少日本特務仍然留在香港？等查清楚後再抓她送到內地審判。這段期間你要保持和之前一樣的狀態，我已經派人開始深入調查千手。」

這表示我不能再去王麗的住處，否則竊聽器會錄到我的聲音，就連她打電話叫我過去也會被聽到。

風車：「你和顧雅芝進展的如何？」

「我應該可以開始問她關於匯豐銀行與孔家和臺灣之間的細節。」

「那就抓緊，把她知道的都上報組織，任何一筆小記錄都可能是重要的情報。」

「明白。」

我離開藥鋪的時候，腦子裏不停轉著，要如何處理我和王麗之間的事，卻理不出頭緒。

我叫上黃包車到王麗家，在王麗家周圍必定能找到我方的人在盯梢，到時候再見機行事。

我在王麗家附近下了黃包車，看一下手錶是7點04分，通常王麗打電話叫我過去都在八九點左右，我還有1個小時。

一路走過去，我看到王麗家斜對面多了一個賣烤番薯的攤子，再往前走，一部車停在距離王麗家2個街口，我認出車內其中1個人是一起到啟德機場出任務的『農夫』。

我走到車子旁和農夫打招呼，「風車告訴我你們在這裏，來多久了？」

農夫：「來幾個小時了，你怎麼過來了？」

「剛在附近吃完飯經過，走過來看看，想不到她隱藏得這麼深，認識她快一年了，都看不出她有問題！」

「我來香港好幾年了，偶爾聽過關於她的事，想不到她是個女的！進來吧，外面冷。」

我進到車子裏，農夫對另外一個同志說：「這位是楓葉同志。楓葉，這是白魚。」

我和白魚互相點頭。

農夫突然說：「番薯攤子那邊有信號，她出來了！」說完發動車子朝王麗家開去，看到她剛剛上了黃包車。

農夫：「楓葉，一會我找個地方讓你下車。」

「我晚上沒事，別管我，跟緊她。」

我們一直跟著王麗進入鬧區到一家法國餐廳。一個鐘頭後，王麗攬著一個老外的手臂走出來，兩個人一起走進附近一家高級旅館。

我說不出話，心中的憤怒和痛苦交雜著，還好車內兩個同志坐在前座看不到我，不然一定會看到我失落又不知所措的死臉。幾分鐘後，我向農夫要一只香煙，「有沒有煙啊？」

農夫把一支煙和火柴盒掠過他的肩膀遞過來，抽了幾口後我感覺鎮定了一些，卻讓我的喉嚨乾的難受，腦子一片空白，內心只有大大的痛苦和嫉妒，我完全想不出任何不讓人發現我和王麗的對策。

一個小時後，王麗和老外從旅館一起出來。

她是不是常常和這個老外搞完以後再打電話叫我上她家再搞一次？我腦子還是一片空白，形同死人。妳這個裝高尚的婊子！一牽扯到男女的事就像大街上的母狗！我心頭恨著。

　　王麗和老外回到剛才法國餐廳外的馬路上，上了一輛停在路邊汽車，我們一路跟著。老外送王麗到家後，沒有下車，踏上油門離開。

　　農夫要白魚馬上下車繼續監視王麗，他要跟蹤老外，我也下了車。我不知道接下來該怎麼辦，我走了一會，叫上黃包車到顧雅芝家。

　　顧雅芝開門一看到我說：「你怎麼了？臉色不太好！」

　　「沒什麼，剛剛和朋友在附近吃飯，就想過來看看妳。」

　　顧雅芝露出甜蜜的笑容，「進來！」

　　我看到桌子上的報紙，有銀行的廣告，心生一計，立刻說：「我有個朋友從南洋回來，想找個銀行開戶，匯豐現在的利息是多少？」

　　「好像是5.6%。」

　　「妳幫我問問王麗恒生是多少好嗎？」

　　「現在問？」

　　「是啊，不然我怕明天把這事忘了。」

　　顧雅芝拿起電話播給王麗，「王麗啊！胡軍有個朋友從

南洋回來想要存錢，恒生現在的利息是多少？」

「嗯，好，我告訴他……。對，他現在在我這裏……好，再見！」

王麗知道我和顧雅芝在一起，她今晚電話找不到我，應該不會去我住的地方找我，也應該不會到顧雅芝家來。今天暫時擺平了！

我對顧雅芝說：「有酒嗎？」

顧雅芝拿了一瓶紅酒和兩個杯子過來。我們坐在客廳的沙發上，我握住她的手望著她，不斷地讚美她的美麗，不停地告訴她我有多愛她，時不時親上她，和她乾杯。顧雅芝不自覺得被我灌醉，我們第一次發生了關係。

我抱住顧雅芝在床上不停地幹，顧雅芝已經醉得沒有知覺，我狠狠地做，就像平常和王麗在床上的時候一樣，狠狠得一次又一次，一直到我精疲力盡為止。

從此，我每次和顧雅芝上床，想得竟然不是婉俞，而是……王麗！

我一頭大汗虛脫地倒在床上，終於能夠不再想王麗，又開始恨自己，恨現在這個環境，恨自己特務的身份，恨現在所發生的一切。我光著身子走到客廳再灌下一大杯紅酒，把明天的煩惱留到明天，回到房裏倒在顧雅芝身旁睡去。

第二天早上醒來，顧雅芝請了半天的假，做了西式早餐給我。

我柔和地對她又做了一次才一起出門，我肯定接下來不管問顧雅芝什麼，她一定會一五一十得告訴我。

　　回家的路上，我感覺到自己的情緒以及思維已經穩定了不少。我不斷地做出各種假設，應該如何處理和王麗之間的關係，開始慢慢有了頭緒。

　　回到家把身上的唐裝換成西裝，為了萬一，再帶上一把槍，到恒生銀號去找王麗。可是在恒生銀號外面和大廳裏面，都發現我方的人在，他們儘量深入到離王麗最近的地方，由裏到外佈下一環又一環的眼線，這也不奇怪，千手是個赫赫有名的大特務！

　　我本來要避開眼線進去找王麗，可是去找王麗的一路上起碼有4雙眼睛盯著，可能還有我沒發現的。

　　我必需要見到王麗才可以實行我兩全其美的計畫，我和王麗之間還有我和組織之間的問題才能夠解決。我也知道要和王麗分手是不可能的，她不會答應，她會一直抓住這點牽制我和顧雅芝的關係，還有我和組織之間的關係。

　　12點整，王麗的午休時間到了，她會走出來吃飯，這是唯一和她接觸的機會。

　　12點20分王麗從二樓走下來，我方4個人從等候區的椅子站起來，等他們都跟著王麗踏出恒生銀號大門，我才走上

二樓。

　　一個員工走過來禮貌得說：「先生，您找誰？」

　　「我找王麗。」

　　「她好像出去吃飯了，1點半才會回來，您要不要1點半再來？」

　　「我和她約了1點，我來早了！可以在她的辦公室裏等她嗎？」

　　「她的辦公室可能鎖了，請您到前面第一間的會議室等她好嗎？」

　　「好的，謝謝！如果她回來，請告訴她一聲。」

　　「我會的。」

　　我走進會議室，覺得在會議室裏和她談更好，因為她的辦公室中應該已經裝了竊聽器？

1點20分，王麗走進會議室，見到我很是訝異，「怎麼有空來找我？走！到我的辦公室。」

　　我說：「我來看妳一會就走，可以把會議室的門關上嗎？」

　　王麗把會議室門關上，走到我面前坐下。

　　「妳知道我是誰？」

　　王麗楞了一下，說：「你是胡軍啊！」

　　「我是中共情報人員。」

　　我曉得王麗早就知道，她還一副認為我是在開玩笑的面孔，慢慢笑了出來，

　　我再說：「我們的人現在盯上妳了。」

　　「為什麼要盯上我？」

　　「我們的組織懷疑妳是日本特務『千手』，妳必須趕快離開香港，否則他們很快就會開始對妳展開報復，執行暗殺行動。」

　　王麗笑了出來，「這……搞錯了吧！胡軍，我現在是上班時間，你不要跟我開玩笑！」

　　胡軍可能只是他們派來試探我的！我等這個曝露的機會已經多年，我在香港這個小島上與美國、俄國、北韓、南韓、國民黨和共產黨周旋多年，玩弄他們於股掌之間，絕不會就這麼地消失在國際情報界的諜戰歷史之中。我終究會讓

世人知道我是誰，但不是這種方式，我的舞台還沒落幕，我要繼續和他們玩下去！

王麗看著我停頓了幾秒，露出平時動不動就若隱若現的妖氣說：「你想要的話，我現在去請兩個小時的假，我們可以到附近的旅館，幹完我得再回來上班。」說完要站起來。

「妳昨晚和老外去開房，都在組織的監視中。」

王麗的臉上頓時褪去平時自信的光色，可立刻又把自信抓回來笑著說：「我昨晚沒出過門，還和顧雅芝講過電話，這你是知道的。」

「我不再和妳兜圈子了，我發現自己已經愛上了妳，不希望妳出事，妳必須離開香港。」

「要我離開香港，你捨得嗎？」又以開玩笑的口吻說。

「我好不容易避開監視妳的那批人上來告訴妳，不要把我對妳的苦心當成是廉價的。」

王麗看著我的雙眼，似乎想以她熟練的間諜內心觀察術，想看出我這句話有幾成的真心。

「我走了，妳自己小心！」我站起來，「不要用妳家的電話打給我。」我說出這句話後馬上就後悔，王麗立刻明白我今天冒險來找她的動機！這句多餘的話對於王麗這個資深的老特務根本不用提醒，卻表示出我擔心組織知道我和她的關係，又一個軟肋被她招住。

王麗不動聲色，坐在椅子上看著我走出房門。

我走進二樓的廁所，爬出廁所的窗子，抓著牆上的水管滑下一樓，走出大馬路之前把墨鏡和帽子帶上，離開了中環。

我想不到的是，王麗竟然沒有要離開香港的意思，還常常用公用電話打給我，約我到外面的旅館開房。她不但是個性需求量大的女人，而且還喜歡玩火。每次擺脫跟蹤她的人之後，再到與我約定的旅館和我渡上一兩個小時的春宵。我對她這種行為大大得擔心！卻不得不聽她擺布。

每次見面我們都不戳破對方，也明白互相的甜言蜜語不過是點綴性愛的虛情假意，王麗對男人身體的敏感地帶非常清楚，在床上的花招層出不窮，一個晚上可以一次又一次地把我的興奮度挑到最高點，使我欲罷不能。時間一久我也逐漸明白，她要把我整成一個對性上癮的人，也只有她能滿足我，縱然我清得楚知道這和吸食鴉片一樣，卻已經拒絕不了自己！她也不會要我做出背叛組織的要求，因為她清楚我的底線在哪裏，如果那種情況一發生，我會選擇組織而不會選擇她。王麗是個喜歡抓人心理做佈局的女人，也是個在鋼絲上行走的女人，而且非常享受這種風險！

從王麗身份曝光後，我們接著在旅館的第5次碰面，我實在太擔心我們這麼繼續見面遲早出事！當我們兩人的身體同時越過高潮的頂峰，都癱在床上喘個不行的時候，我說：

「我們不能再這麼見面，妳遲早擺脫不了跟蹤妳的人，我們早晚會被發現。」

　　王麗等到自己不再喘氣，胸口不再急速得起伏，才說：「我們全家在滿洲國剛成立的時候遷移到中國東北，我那時候17歲，我還有一個弟弟，我父親是一名特務，我們全家都不知道。有一天，父親在半夜帶著槍傷回家，我母親和弟弟跑出門去找醫生後，父親交給我一個膠卷，囑咐我千萬別讓人發現，這個膠卷關係到滿洲國，還使盡全力對我讀出織田信長的一首古詩，然後咽下最後一口氣，閉上雙眼。等我母親和弟弟帶醫生趕回來的時候已經太遲，醫生說有兩顆子彈穿過我父親肺部，不行了！醫生離開沒多久，有4名北朝鮮特務破門而入，搜了我父親全身再逼我母親交出膠卷。他們在我母親面前先強暴了我，再殺了我弟弟，最後再殺了我母親，他們把屋子裏翻了一遍然後匆匆離開。天剛亮的時候，鄰居發現我家門沒關，進來看了之後便報警，我先被帶到警署，馬上又被帶到軍事部，軍事部的人盤問了我11天，我什麼都沒說。一直到第12天，一個穿著軍服的女人來到我面前，道出了織田信長的古詩，我才告訴她我把膠卷放在家中廚房的鹽罐裏。她問我為什麼被強暴的時候不說，母親和弟弟被殺也不說，我告訴她父親交代過這個膠卷關係到滿洲國，既然是關於滿洲國，它的重要性便在人命之上。這個女人把我帶回日本情報總部，親自訓練了我2年11個月，然後

安排我進入香港。後來我才知道這個女人叫川島芳子。」

我盯著天花板睜大雙眼，王麗竟然是川島芳子的徒弟！我看向王麗，她已淚流滿面。

一般人聽到王麗的身世一定會恨死她是個侵華特務，可是我卻因為她淒慘的背景與同是特務的命運心生憐憫。

我知道她可能在說謊，要我同情她，就算她是說謊，依然紮中我胸口內心的最深處。我看見自己內心被她一步一步地掏盡，不知道該怎麼辦？我和她之間本只有性，現在卻被她漸漸牽出一絲絲不該有的情感。

我問王麗：「和妳去開房的老外是誰？」

王麗用手擦掉眼淚，沒有說。

我抱住王麗，她和我一樣身為特務，不時要逼自己做出違反人性的決定，她一個單獨的女人，只有更艱難，只能對自己更狠。我將王麗抱得更緊，完全拋開和她會面的危險。

在組織的指令下，我開始從顧雅芝口裏拿到幾乎九成的情報，孔令侃在香港資金的流動去向，還有國民黨通過匯豐購買武器的記錄和現有的存款。

一個多月後，我和阿祥帶上洪門300人馬，在戰盟出兵後第三日，陪同藍先生攻向戰盟總部，可是找不到張發奎。5日後，戰盟在內地做出第2次突擊，我們帶上100人馬再次突襲戰盟總部，還是沒見張發奎，可是在那裏見到兩個洋鬼子，我把黑蛾和鐵輪喪命的氣都發在他們身上，我一個人對付他們兩個，空手殺了他們。他們兩個人的身手很差，乎沒有機會還手，看來他們不是中情局的人，應該是戰盟的軍事參謀。

藍先生見我身手了得，調度人馬非常有思路，問了我的名字，開始對我很是尊重。

2個月後，組織做出決定，要抓捕千手，因為這些日子來我們對她反跟蹤的技能完全束手無策，她總是消失兩三個小時以後再度出現，搞得風車既惱火又無奈。風車得到組織同意，先活捉千手再拷問其在港的同黨。

我在早上收到指令，組織對千手非常謹慎，風車將親自主導我方20名特務，包括我在內，要在當天晚上將她抓捕。

我知道王麗在香港的命運是時候終止了，我強迫自己放

下一切雜念冷靜地想了整整一個小時，強迫自己只用理智思考，她只有「被活捉，逃離，死」這3條路。不管她今天的命運是哪一條，我和她的關係絕對不可能再繼續。所以這三條路，只有她死對我最有利。我鐵下心做出與王麗切割的決心，我必須找機會做掉她，不能讓我方的人活逮王麗，否則她就會有供出我的可能，那一旦發生，我就會被調離香港，被組織處分入獄。

指令抓捕王麗的時間是下午5點45分，也就是王麗下班一到家的時間。

所有參與的特工皆在當天早上收到指令，下午4:30就位。我被安排在恒生銀號外面待命，等王麗一出銀行就和其他的同志一路尾隨。風車已經安排兩個神槍手埋伏在王麗家中，我必須在王麗回到家前製造出讓王麗反抗的機會，才能合理得做掉她。

我想了一下，在下午4點25分到恒生銀號就位前，用公共電話打到王麗的辦公室，讓王麗下班後有不同以往的舉動，讓風車沒有時間重新部署，才有混亂的時刻，可以做掉王麗。

「喂！」當王麗接起電話，我沒有出聲，用指尖輕輕敲打電話筒，打出摩斯密碼「今晚－回家－埋伏－死亡」，連續敲打了2次就立刻掛斷。

4點半我準時到達恒生銀號外面就位的位置，風車親自過來問我之前在哪裏？也問了其他同志，果然王麗辦公室的電話已經被竊聽，風車知道有人用摩斯密碼傳達信息給王麗。不出聲而用摩斯密碼，就是不想讓人知道自己的身份，尤其是不想讓電話監聽這一方認出這個人的聲音。

5點06分王麗走出恒生銀號，我們有10個人跟在她身後各不同方位，她叫上黃包車，我們4個人也上了黃包車，2個人開車，其餘4個人慢跑跟在後面。我預計王麗會在一個轉角處突然下車逃跑，我必須抓緊那一刻朝她開槍。

我們一路跟上，越跟我越是吃驚，這一路都是她回家的路線，難道她真想回家？

20分鐘後，她果真回到了自己家！下了黃包車，開門走進自己家裏。

我們加上原本埋伏在她家周圍的人，一共18個人在外面，2個在她家裏面。

半個小時後，沒有任何動靜，大家朝站在牆角的風車看了一下，風車搖頭，要大家不要有任何動作。

1個小時過去，還是沒有任何動靜。風車朝天空看了一下，天色已經開始轉暗，他指向我再指向王麗家，要我過去按門鈴。

我將一只手放在西裝外套裏面握住槍，如果王麗開槍，我可以即刻開槍反擊。

我按下門鈴，王麗出來開門請我進去，「怎麼有空來看我啊？」

　　「正好經過，不知道妳回到家了沒有？」

　　「我每天不到6點就到家了。最近忙什麼？」

　　「還不就是那些瑣碎事……」

　　我跟著王麗往裏面走，和她閒話不斷，她先帶我走到她的小廚房，我看見我方1個特工躺在地上，眉心中槍！我說不出話。她在屋子裏開了槍，怎麼監聽的人沒聽到？

　　王麗再帶我走到浴室，我方另1個特工也倒在地上，同樣是眉心中槍，王麗槍法竟然這麼準！兩個倒下的特工同志會被風車安排在屋內埋伏，他們在情報訓練營的射擊記錄必是名列前茅，槍法和速度竟然還在王麗之下！我現在要是想拔槍殺掉王麗，必然是找死！

　　王麗看楓葉說不出話，「走，我們到客廳喝杯茶！」

　　楓葉跟著王麗到客廳的沙發坐下，王麗幫楓葉到了一杯茶，也幫自己倒了一杯，喝了半口。

　　楓葉冷靜下來，她一定猜得到摩斯密碼那通電話是我打給她的，認為我是幫她的人，才沒對我下手。

　　楓葉伸手拿了桌上的茶杯喝了一口，然後看向王麗，想看出王麗身上那把槍放在哪裏？王麗的臉微笑、輕鬆、無所謂，沒有半點緊張和憂慮。

　　我理清思緒，我的最終目的是要殺掉王麗，接下來該怎

麼做？

　　我很快做出決定，繼續讓王麗認為我是來幫她的，找機會幹掉她。

　　我放下茶杯，抓過王麗的手，用手指在她手掌心寫下「外面，埋伏」。

　　王麗對我點頭笑笑，再接著對我閒話家常，同時在我手掌心寫上「多少人？」

　　我們現在應該剩18人，我在她手掌心上寫「16」。

　　40分鐘後，有人來按門鈴，王麗的眼神先對著我再對大門看去，她要我去開門。

　　王麗貼牆站在門邊，這樣外面就看不到她的位置，然後對我點頭。

　　我慢慢把門打開，開得非常慢，不要有任何快動作引起門外的人向我開槍。

　　當門開到四分之一，外面站的是「畫家」，我們一起在啟德機場出任務的時候見過。

　　畫家：「您好！我是住隔壁的，我家浴室的牆漏水，濕了一片，不知道你們的浴室有沒有漏水。」

　　王麗做了個要他進來的眼神。

　　我對畫家說：「我不知道，我去看看，您請進來！」

　　我把門開到一半，轉身往裏面走，畫家一踏進門看到右邊站著王麗，對王麗點頭笑了一下，王麗舉起裹著毛巾的右

手，朝畫家的太陽穴開了一槍，在畫家倒地之前用腳迅速把門關上。

我先聽到關門的聲音再聽到畫家倒地，這一切都發生在3秒之間！

我現在知道為什麼外面竊聽的人聽不到槍聲，再看到王麗解開裹住右手的毛巾，把槍插到她外套裏右邊的腰間。那是一把勃朗寧。

我們回到客廳坐下，王麗抓過我的手在手掌心寫下「15」，繼續聊一些無關緊要的閒話。

我周圍看了一圈，這裏沒有後門，但是廚房和客廳有窗戶通到外面。竊聽器裏聽不到畫家的聲音，我和王麗都知道，外面的人應該很快就會攻進來。

我一邊和王麗聊天，一邊看到王麗從客廳的桌子下又拿出另1把勃朗寧，然後分別指向大門和客廳的窗子。

我指向電話，在她手掌心寫下「人多，報警」。

王麗搖頭笑笑。

天呐！她真是個徹頭徹尾玩火的人。

王麗把一把椅子搬到牆角，從這個角度可以看到大門、客廳窗戶和廚房的窗子，然後雙手握槍，打個眼神要我也拿把椅子坐到她旁邊，接著將屋內所有的燈都關掉。我準備在她開槍同時幹掉她。

王麗小聲在我耳邊說：「把你的槍拿出來，準備好。」

10分鐘後，又有人按門鈴。

我和王麗都有默契，現在誰靠近門，誰就有可能被門外的人開槍擊中。

門鈴持續按了一分鐘就沒有再按，幾分鐘後，看到客廳的窗戶外有半個頭影，這個人看起來像是企圖朝屋子裏面偷看。

王麗朝這半個頭影開了一槍，隨即聽到窗外人倒地的聲音。

風車擔心這樣搞下去，槍聲會把警察引來，於是下令所有人同時進攻，分別從大門、客廳窗戶和廚房窗戶攻入。

王麗不慌不忙，每進一個倒一個，每一槍都是打中頭部。

風車叫停！不能這麼白白犧牲下去。他把剩下的人都集中在門口，要每個人拿東西擋在面前再衝進去。

一輪過去，王麗似乎很滿意，親了我臉頰一下說：「還剩7個。」換上新彈匣。

我連一槍都沒機會開，已經一頭冷汗。

第二輪開始，所有衝進來的同志都拿著鐵鍋擋在面前，沒有了清楚的視線，對準王麗有幾槍都打到我身上。王麗馬上改射他們的心臟，依然是一槍一個立刻倒地。

「全部解決了，我們必須立刻離開這裏！」王麗說完走

到第二輪進來的人身邊，一個個在他們腦袋再補上一槍。

「還對死人開槍幹什麼？」我驚訝地叫出來。

「萬一沒死突然在你背後給你來一槍怎麼辦！」王麗手上兩支槍的子彈都打光，放到客廳桌上。

我咽一下口水，拖著流血的身子到大門邊上去開燈。

燈一打開，客廳一下光亮的那一剎那，突來的一聲槍響把我嚇了一跳，我兩腿發軟差點跪到地上，查看自己身上沒再中槍，回頭一看，王麗背上中了一槍，臉上露出不信又凝固的表情，雙手握著一支掌心雷指著我，她忍痛迅速轉身把槍指向廚房窗口，在這一瞬之間，她的太陽穴爆出血花，向前撲倒。

我頭上的冷汗滑過眼角流到下巴，王麗究竟是信不過我，要連我一起幹掉！

我看見婉俞從門外走進來，手中的槍還散發著焦味，剛才那兩槍是婉俞在廚房窗外開的！

婉俞走到王麗身邊，一手握槍指著王麗，另一隻手將她的身體轉面朝上，確認王麗已經斃命，再走出門外請風車進來。

風車進來看地上的同志全都斷氣，露出傷痛的神色，有半分鐘哽硬說不出話，接著來到我面前說：「為什麼千手一直沒殺你？」

「她拿槍指著我，要我擋在她前面。」

風車看了一眼我身上多處的槍傷，這個解釋合理，「走！我們不能待在這裏，你能走嗎？」

　　「可以，不過頭很暈。」

　　「盧山，妳扶著他，我去把車子開過來。」

　　風車和婉俞帶我到黑市的密醫那裏，取出我身上4顆子彈，「還好沒傷到心臟和肺部，否則就難搞了！」密醫說。

　　婉俞殺掉千手的事傳遍整個香江和兩岸諜報界，「盧山」的代號名噪一時。

1904年2月8日，日軍在東北旅順偷襲俄軍，搶回通過馬關條約強占的遼東半島，接著在旅順開始屠城，殺盡2萬多手無寸鐵的百姓，接著開始向中國東北注入自己國民。據1915年統計，在東北各地駐入的日本移民達到50萬人。1931年九一八事變日軍占領沈陽後，日本開始實行對華移民侵略政策，有計畫得在東北大量註入軍政、農商、技術移民。隔年滿洲國成立，大量隨日本移民政策進入滿洲的日本人稱為「滿洲開拓團」。

　　1945年8月15號日本天皇宣布無條件投降。同年統計在中國東北的日本移民有150萬人。為保存軍事實力，征召滿洲開拓團18至45歲男性隨同部隊撤離，其中並沒有包含日本孩童、女人、老人。餘留的日本老幼婦孺沒有受到保護與安排，上百萬人退至大連和丹東上船回到日本，其余分散在吉林與黑龍江。餘留的弱勢日僑，為了生存，很多孩童受中國家庭領養，女性嫁給中國人，甚至很多改取中國名字。

　　二戰後1958年統計，餘留在東北的日僑有2萬2千余人，曾是侵略國的國民，又是戰敗國的殘留，他們的生活非常艱難，日本對遺留在中國東北日僑的援助以及回接，運作非常緩慢。13歲以上的女性，為生存加入中國家庭的，視為自願留在東北，不能獲得回日定居的援助，歸為「殘留婦女」。未滿13歲的皆定為「遺孤」。有不少遺孤的親人和家屬在戰

亂中死亡，未能證明自己是日本人的，只能一輩子留在中國，無法擺脫受歧視和艱苦的宿命。

婉俞殺了千手之後，很被組織看重，經常被委任更艱巨的任務，她在半年裏成功暗殺了兩名保密局偽裝的茶葉商人，還有一次出任務到尼泊爾暗殺一名美國中情局特務，任務完成當天即搭飛機回到香港。

　　接下來的日子裏，每當我看到婉俞，她的眼神除了以往的孤冷，還多了一份高傲，在風車的藥鋪裏開會再見到她的時候，她似乎不再當我存在。

　　我方有17個優秀的特工在執行刺殺千手的時候殉職，組織分別從廣東、福建和上海又調了11名特工過來香港，據說都是百裏挑一的特務名將，我只在風車的藥鋪裏見過4名，那一次是為了千手後序的事。

　　風車：「我方完成刺殺千手之前，對她做了2個多月的跟蹤和竊聽，雖然沒有挖出她在香港的同黨，可是幾個她經常接觸的人，美國商人代克爾，英國商人史密斯，英國教授派頓，和中國畫家張謙，除了英國教授派頓，其他3個在香港已經是半公開的特務，中國畫家張謙是保密局安插在香港多年的老間諜，英國教授史密斯是香港大學的物理教授，如果他也是間諜的話，千手倒是給我們留下一份重要的訊息，我們懷疑千手和這4個人見面是為了情報交換和買賣，也會額外的和他們搞上床。」風車笑了一下，接著說：「我們已經派人在查史密斯教授，很快就可以證實他的身份。組織上

做了詳細的分析，日本一個戰敗國，還會在以往的侵略國有特務留守，八成不是他們最高領導層的意思！一個侵略國的國民通常都會有民族自豪感，在戰敗後那種民族自豪感通常會持留在他們百姓心中三至四代，如果曾是政治和國防單位的百姓，甚至還會有東山再起的激進心態，而不了解自己戰敗國接下來要為償還所付出的代價。組織認為千手駐守香港而不撤回日本，應該是她個人因素，而非日本高層的意思。當然我們不能忽視香港仍然有類似千手的余黨，必須謹慎留意在香港的亞洲人中是否仍有日本特務存在。」

「這些戰敗國的餘黨還能做什麼？」其中一名新來報到的同志說。

風車：「不過是泄憤，擾亂安定，和不切實際的搜集情報等待再度侵略的時機。不過，在沒有組織的支援下而能留守繼續活動的，在情報界都是很有能耐的佼佼者！」風車的表情嚴肅起來，「組織有任務下來……」

大家抬頭挺胸，眼神專注。

風車：「過去楓葉同志和吊頸嶺的藍先生已經有多次合作，建立了初步的信任，組織認為是時候楓葉再和藍先生有更深層的合作，建立更深的友誼，製造將來潛伏到國民黨保密局的機會。臺北那邊有情報過來，毛人鳳雖然是情報局局長，可因為杜長城案的關係，蔣經國已經架空毛人鳳，毛人鳳已經沒有實權，而藍先生他直接聽命於蔣經國，可見藍先

生的重要。我們將會設立兩個假情報站，讓楓葉帶藍先生搗毀他們，在第一個情報站我們會留下重要的假情報，第二個情報站會安排一個我黨同志被抓。」

二月末，從海上飄入香港的微風帶有少許的冰冷。

吊頸嶺內已經有過年的氣氛，大家雖然沒錢，還是儘量找紅色的紙和布，貼掛在大門上。

每次走進吊頸嶺都讓我有強烈的不忍，他們也是同胞，卻因為相互的戰亂淪落到這般田地。唉！或許是因為一走進來就聽到普通話的關係，內心總是會有觸動。

我找到黎師長，說要見藍先生，藍先生知道是我，很快就出來見我，他對待我和其他幫會的人不一樣，總是有著一份敬重。

「有一樣東西給你看，你可能會有興趣。」我說完從口袋裏拿出一個徽章，上面是紅色底和黃色錘鐮、黃色天安門的標誌，兩邊有黃羽毛圍繞。

藍先生一邊的眉毛上揚了一下，「你哪裏來的？」接過手看了又看。

「賭場一個賭客拿來當的，你有興趣就給你吧！」

「他常常去你們那裏嗎？」

「來了好一陣子了，賭輸了就拿身上的東西出來換錢繼續賭，手錶、衣服都當過，和一般的賭客沒什麼兩樣。我看

你們是搞政治的，這個送給你看看能不能拿回去領功！」我笑著說。

「他當了多少錢，賣給我吧！」

「算了！我才給了他5塊……」

「什麼！」藍先生幾乎不相信。

「經過我那裏的話找我飲茶，我先走啦！」

「等一下！」

我走到了門口又被他叫住，轉回身子。

「我想見一下這個人。」

「這東西他說不定是哪裏偷來的，幹你們這一行的人會賭嗎？」

「這很難說。」

「好吧！你今晚八點過來，不過我可不保證他什麼時候會出現。」

「好！」

晚上，不到8點，藍先生到賭場找我，我在賭場前前後後轉了一圈，「還沒看到他，再等一會看看。進來裏面坐！」

我帶藍先生進賭場的賬房，裏面有一個人在桌上算錢，藍先生似乎對桌上一疊疊的港幣很訝異，「你們一天就賺這麼多啊！」

「這是白天的，晚上進的帳更多！」我對正在算錢的手下說：「把錢收起來，泡一壺龍井過來。」

「是，軍哥。」

我和藍先生喝茶閒聊，藍先生問了一些我以前在內地的瑣碎事，看得出他對我讀過大學而輾轉到香港幫三合會做事感到訝異。我也問了他以前在內地的事，當然，他說的這些沒有一句我會當真。

每隔大約1小時左右，我就走出賬房去看看，過了半夜，我走回賬房對藍先生說：「還是沒見到，我看你回去等吧！一見到他我馬上叫人到吊頸嶺告訴你。」

「那麻煩你了！」

「不麻煩！」

我送藍先生走到賭場門口，一個穿著破舊的中年人正好走進來，他看到我跟我點頭叫了一聲：「軍哥！」

我不露神色地「嗯！」了一聲。

藍先生走到門外伸手要跟我握手，「謝謝你，胡先生！」

我伸出手和藍先生握手，小聲說：「先別走，剛才進來的那個就是。」

藍先生雙眼一亮。

我說：「進來再喝杯茶，等他把今天身上的錢都賭完再問他更容易。」

藍先生和我又回到賬房，我叫了賭場一個手下過來，「那個穿深藍色唐裝，衣服上有破洞的那個，他叫什麼名字？」

　　「好像是……大家都叫他阿茂。」

　　「他有沒有欠我們錢？」

　　「以前有欠過，現在……我去翻一下欠條。」

　　「嗯。」

　　手下去查欠條，沒一會就回來，「軍哥，他沒欠，以前欠的都清了。」

　　「看好他，別讓他走，他賭完了叫他進來。」

　　「是，軍哥！」

　　我在賬房裏和藍先生喝著龍井，閒話家常一杯接著一杯，1個小時後，賭場的手下終於把阿茂帶進來。

　　阿茂進來一看是我，一旁是兩眼炯炯有神的藍先生，開始有點緊張。

　　我先叫手下下去，才對阿茂說：「今天玩夠了，要走啦？」

　　阿茂低著頭一直對著我笑，「輸光了，改天再來！」

　　「這麼快！我剛剛才在門口看你進來，沒玩多久嘛？」

　　阿茂還是客客氣氣得笑著，「是啊！」

　　「你上次當給我一個徽章還記不記得？」

　　「記得，那個我不要了，我也沒錢贖回來。」

我點頭，「我知道，就是問你一下。那個徽章我侄子很喜歡，他老是跟我再要，你幫我多拿幾個來，越多越好，一個我給你10塊。」我硬把10塊錢塞到他手裏。

　　阿茂楞住，看著我說不出話來。

　　「怎麼，嫌少啊？想跟我坐地起價啊？」

　　「不是，軍哥……那個……我……」

　　「幹什麼？男人說話支支吾吾的，你一個要多少錢？」

　　「我……」

　　「幹什麼？有話就說。」

　　「軍哥，可能沒有了，就只有那一個。」

　　「為什麼？」

　　「那是我從一個道友那裏拿來的。」

　　「把話說清楚。」

　　「那是在我住的地方附近一個道友給我的，那天我來這裏之前，看到他追著他還我錢，他沒錢就把這個給我。」

　　「你知不知道這東西他哪來的？」

　　「他說是在『東南發』偷來的。」

　　「『東南發』是幹什麼的？」

　　「是我住的那裏一家南北貨的鋪子。」

　　「你手上的10塊錢就給你，不用還了，現在帶我去那家『東南發』。」

　　「軍哥，他們現在關了，明天早上才開。」

「知道了，帶我去。」

「哦！」阿茂開心得拿著手上的10塊錢，領著我和藍先生去東南發。

來到東南發門口，已經是凌晨2點多，它的大門緊閉。

我對阿茂說：「行了，你再回去玩兩把，這裏沒你的事了！」

阿茂笑了起來，「多謝軍哥！」

等阿茂走遠，我對藍先生說：「樓上還有燈，看來樓下是店家，樓上是住家。」

藍先生：「這麼晚了還沒睡……」

我看著東南發對面的一道牆，跳到牆上，再看藍先生五十來歲，身手竟然這麼靈活，立刻跟著我跳上來。

我們扶著牆邊的一顆大樹，從東南發二樓窗子開的一點點縫看進去，看到一個人在發電報。我們跳回地面上，怕人聽見，走了好遠藍先生才說：「我要立刻回吊頸嶺！」

「幹什麼？你一去一回最少1個小時，看起來他才一個人，我跟你不就夠了嗎？」

「我們看到的是1個人，裏面到底幾個人我們不知道？」

「這樣吧！我回去找賭場的人帶上家夥過來，帶4個能打的夠了吧？」

藍先生搖頭，「這是我們吊頸嶺的事，我不想讓太多人知道。你已經幫我不少了，接下來我自己來就行了，明天請你吃飯。」

　　「好吧！你小心點。」

　　「嗯！」

　　我回到賭場後，藍先生並沒有回到吊頸嶺找人，他非常謹慎，派人在東南發的鋪子外盯了5天才在半夜進行突擊，他們搜到了一部發報機和不少資料，但是沒抓到人。

　　藍先生每隔一兩個禮拜就會找我出來飲茶，我們變成常常見面的朋友。

　　4個月後，我拿了一份最近一期的香港共黨刊物給藍先生，藍先生：「我有了！他們只要一出刊，就會有人拿給我看。」

　　「這麼忠實的讀者！你是反共還是親共啊？」

　　「這叫『知己知彼』！」藍先生笑著說，「對了！過陣子要去找你們三哥借一些人，到時候你過來幫忙！」

　　「我真是不懂，你們吊頸嶺一大堆當兵的可以用，你老是花錢找我們做事，太浪費了吧！」

　　「不行啊！英國人要知道是我們幹的，只會為難我們，到時候把我們遣返回大陸就麻煩了。你們不一樣，你們是香港人，不會被趕走。」

「哎！」我搖搖頭，「對了，以後你要用人的話，直接找我吧！我手下也有能打的，你找三哥太貴了，分給我們的又少。」

「這樣不太好吧！他畢竟是幫主，不讓他知道，他會不會不高興，不合規矩？」

「那就看什麼事了？要是小事的話，他也懶得理。你這次要幾個人？」

「10個。」

我笑了一下，「我以為你要幾百個！這樣吧，你把事情告訴我，我看它到底是大事還是小事。」

藍先生想了一下，胡軍早晚要知道，現在說也無妨，「我們根據上次那個南北貨鋪子裏搜到的情報，又發現共黨一個發報站在北角，那裏人多，不方便用我自己的人。」

「他們大概幾個人？」

「一般的發報站不會超過3個。」

「才3個你就要用到10個！」

「他們都是受過訓練的特務，不是一般人可以對付。」

「這樣吧！這件事你讓我做，我收三哥的一半就好，我帶4個人進去，你們在外面堵住退路。做不成的話不要錢。你準備給三哥多少？」

「1千。」

「行，我收5百，事情辦好才拿錢。」

「萬一三哥知道怎麼辦？」

「三哥早晚會知道，就說你沒什麼錢，只好先問下面的人要不要做。」

「這樣行得通嗎？」

「到時候我也說是我自己想找賺外快，這不就行了！以我在幫會的身份，一次收個五、六百的，說得過去！」

凌晨4點，我帶上4個人，每個人都有槍，搗毀共黨另一個發報站，還抓到一名共黨發報人員，這麼大的功勞，5百塊真是太划算了！

國民黨保密局也從來沒有這種打第一線破大功的「馬仔」！

我不知道藍先生對我有什麼計畫，風車告訴我已經有人在內地查我的資料和過去。

藍先生繼續找我幫他辦一些國民黨不方便出面的工作。不到一年，林廣三叫我到他面前，沒有表情得對我說：「我怎麼聽說你和吊頸嶺的人搞得很熟，還常常幫他們屢建奇功！」

我說：「三哥，我只是看以前合作過，幫他們辦一些小事，幫情不幫錢，跟你說的人誇張了！」

「聽起來你幫他們辦的小事還不少，你現在是吃我的糧

還是吃國民黨的糧？」

「他們每次給的最多不過幾百塊，有些幾十塊的活我都懶得跟他算！」

「我不是在跟你講錢，我是在問你，你是不是加入了國民黨？」

「三哥，別開玩笑了！加入國民黨就跟吊頸嶺那些人一樣了，吃也吃不飽！」

「你知道就好，你是在三合會裏混飯吃的人，就活得像個三合會的人！」

「知道了，三哥！」

從此後，為了避人口舌，我不再帶兄弟跟藍先生合作，只有我自己一個人暗地裏跟藍先生出任務。

半夜，我和藍先生到一個五星級酒店。據情報，有2個美國特務和1個北朝鮮特務在酒店的1206號房裏做情報交易，藍先生要拍到他們交易時的照片。我們兩人準備好相機，在1206號房斜對面租了一個房間，想辦法先拍到他們進出時的相片。

我一直恨透美國人殺了黑蛾和鐵輪，還有美國人干涉臺海之間我們中國人的家務。我心中盤算著，等拍照完成之後，找機會揍那兩個美國中情局特務。

藍先生喬扮成酒店的清潔人員，把相機藏在清潔人員的

推車中，假裝清潔我們在他們斜對面開的房間。

　　不知道是哪裏被看出了破綻，等藍先生拍了幾張他們進房門的照片，再和我商討要去敲他們的門進去打掃，突然沖進4個老外。事發突然，我和藍先生一點都沒有防備，我們所有人扭打在房間地上，藍先生沖出房間，一個老外追了出去，我被3個老外死死得壓在地上動也不能動。

　　我雙手在背後被銬上手銬，兩只手臂在背後加上鐵鏈套住脖子綁住讓我呼吸困難，再把我從地上抓起來，拉緊鐵鏈，把我當畜生一樣對待。當我們經過酒店大廳的時候，其中一個押著我的老外，故意扯我的頭髮，把我的臉拉起來給大家看，想要我有被羞辱的感覺讓我難堪。我被推進酒店門口一架車的後座，瞪著他們說：「原來你們美國人喜歡當眾羞辱人來滿足自我的癖好！」

　　一個老外得意洋洋得說：「誰告訴你我們是美國人，你哪來的爛情報？」

　　是英國口音！

　　軍情六處？

　　這次的任務不是針對老美和北朝鮮嗎？

　　車子開了快1小時進入郊區，駛進一棟大方型的白色建築物，我猜想這可能就是黑蛾提過的『白屋』。我開始放心，如果這裏真的是白屋，照黑蛾所說他們就不會殺我。

車子開進白屋其中一個入口，英國人馬上給我下馬威，直接拖到審訊室，扇我兩個耳光後把我衣服全部扒光，大力抓住我的生殖器，用英文開始大喊大叫得盤問我。

　　我大聲地罵回去：「香港是中國人的地方，當初是你們逼我們租給你的，我們根本不願意！你喜歡抓我的生殖器嗎？你們英國人都喜歡幹這種事嗎？是不是等一下也要逼我抓你的你才會開心？你不殺了我的話我就告訴全世界英國人喜歡搞我的……」

　　英國佬鬆開我的生殖器，然後用他的膝蓋大力撞下去，痛到我感覺眼球幾乎要掉了出來，從生殖器開始一秒之內刺痛散布到全身，無法動彈，痛得我說不出話！

　　英國佬向後退兩步，向前再大力得撞一次，我的喉嚨發出不自主地哀嚎聲，痛得流下眼淚，幾乎要死！眼前一片空白，身上每個神經線都痛到了極限，意志裏只剩痛苦，到達崩潰的邊緣。

　　旁邊一個穿軍服的人說：「不要把他打死，我們不要這種麻煩。」

　　撞我的人抓起我的頭髮，朝我臉上吐了口水，「死中國猴子！低等動物！」

　　他們讓我休息10分鐘，就像是拳擊賽的中場休息一樣，只不過我永遠是挨打的一方。接著再開始第二輪盤問，他們要知道我是共產黨還是國民黨？我的上線是誰？我的聯絡站

在哪裏？

　　我依照黑蛾所說的「挺下去！他們不會殺我，兩三個月後，他們就會將我驅逐出境。」

　　盤問完大概2個小時以後，將我丟入一間水泥房，沒有床，整間房只有馬桶。

　　大概每4個小時接著拖出來續場，3天後開始給我水和飯，每天餵我2次。或許他們怕我被活活整死，一個禮拜後每天拷打我1次，2個禮拜後每隔1天一次。我不斷地在心裏反覆對自己說：「挺下去，絕不能崩潰！」。

　　要不是黑蛾事先告訴我他們不會殺人，兩三個月就會將人驅逐出境，有幾次在挨打後，我可能就放棄了自己或自殺。

　　這天早上，我再度從牢房裏被帶出來，進入審訊室手腳被銬上，我知道他們又要重複暴力審訊，內心做好準備，好好應付這一場，好好挺下去。

　　平時把我當沙包對待的英國人走到我面前，我看著他，準備迎接朝我臉上揮來的第一拳，作為今天的開場，他卻只對我斜眼不屑得冷笑，接著轉過身走到一旁坐下，拿起報紙看了起來。

　　我心中說：來吧！等什麼？早點開始我可以早點休息。

　　大約10分鐘後，一個穿著白袍的英國醫生走進來，打開一個鐵盒拿出注射器。

　　我楞住了！今天換成藥物注射？

英國醫生走到我身後，朝我被綁在椅子後面雙手的其中一隻，開始注射藥物。

　　我開始緊張，不知道打進我體內的是什麼藥，未知的恐懼慢慢在我心中不斷地浮現，我不斷告訴自己，不要怕，不能讓恐懼占據我的意志，還是那句話，「挺下去！挺下去！……」。

　　5分鐘後，我的視覺產生變化，整個審訊室和審訊室裏的東西開始慢慢圍繞著我旋轉起來，越來越快，我感到和暈船一樣想吐，我趕緊把眼閉上，緊緊閉上，好了一點！我今天要受的這場罪和往常不同，一定要有更堅定的意志！

　　接下來連閉上眼也不管用了，我開始吐，不停地吐，然後見到審訊室裏的人包括醫生，都變成了蟒蛇，他們每個人都盯著我吐信，非常詭異和恐怖！

　　是幻覺，只是幻覺！我不斷在心中告訴自己，可是不能閉上眼，一閉上眼就天旋地轉得想吐，一打開眼就看到幾隻大蟒蛇盯著我，連他們身上的蛇鱗片都清清楚楚的，我幾乎嚇破膽！

　　以前會告訴自己，信心不能垮，信念不能遺失，現在突然明白信心和信念不過是一場奇幻的夢境；我感覺整個人不停地在痛苦和孤單的深淵中往下掉，全身無時不刻就是下墜的感覺。我開始受不了，痛苦地大哭起來。

　　眼前其中一隻蟒蛇來到我面前，用陰毒的口氣罵我：

「你是個廢物，你活著一點意義都沒有，你不過是低等的動物，你不是人，你的家庭，你的國家都是因為你而破裂的，你一出生就是殘疾……」

他說的我竟然全都相信，我開始懊悔，絞痛，自責，再看眼前一隻蟒蛇在臭罵我，這不就是地獄嗎！我生不如死！

靈魂的大宇宙裏，竟然有這麼多負面的元素，軍情六處可以研發出這種藥，把囚犯魂魄裏的負面情緒一一勾引出來，讓它們進入你意識裏對你自我摧殘，直到你完全無法負荷為止。

他們最終的目的就是讓你內在的恐懼和痛苦戰勝你，讓這些負面情緒不斷地在你裏面擴大，大到可以侵蝕你，占據你，使你明白什麼叫『求生求死都由不得你』，然後乖乖就範。

我受不了大聲地哭出來，求他們殺了我，我太痛苦了，那巨大到可以殺人的孤單、陰暗、無助、絞痛、不斷從胸口湧出來，認為自己連垃圾都不如，只有死了才能一了百了。

「告訴我你的上線是誰，你們怎麼聯繫，我就答應殺了你，只有這樣你才能有平靜，才對得起自己。」

「我不說，我不能說！」我一邊哭，一邊求著他說，「快殺了我，我求你……」

「你要說，你一定要說，只要你說了，我就答應你馬上殺了你……」

就這樣被他們活活得折騰了快一個小時。

等到我被架回牢房，丟在牢房的水泥地上，我揪成一團，不斷得流淚，全身無力，聯想自殺的力氣也沒有。

他們讓我休息3天，第四天又拖回審訊室，注射相同的藥物再來一次，被折騰了一個小時後，我完全虛脫，還尿失禁，這次他們是用擔架把我抬回牢房。之後就沒再這麼搞過，大概是怕把我整瘋了。

大概又過了1個月，一個醫生走進牢房幫我檢查，再幫我上藥包紮。第二天中午，兩個穿英國海軍製服的老外拿進新的衣服給我穿，然後對我銬上手銬，帶我走出牢房，在大樓裏繞了好久，終於繞到白屋的大門，他們打開鐵門，鬆開手銬，叫我走出去。

我回頭看了他們一下，不是押我到皇崗口岸逼我過界進大陸嗎？

白屋的鐵門冷冰冰地關上，我四處看了一下，想找地方打電話，一部車朝我慢慢開過來，司機拉下窗子，「是胡先生嗎？」

我點頭。

「我是來接你的，我等了一上午了！」

我拉開車門上了車，「誰讓你來的？」

「我不知道，有人付錢，我們就接人咯！」從口袋拿出

一張的士公司的名片。

「我們去哪裏？」

「付錢的人說接你去吊頸嶺。」

「吊頸嶺！」

「是啊！」

是藍先生！

他知道我今天會出來，才派車子來接我，莫非我可以出來也是他的原因！

車子開到吊頸嶺，我下車的時候，司機說：「您慢走！將來需要車子請再找我們。」

我往吊頸嶺裏面走，來到黎師長的房子，一進去，馬上就看到黎師長和藍先生在裏面等我。

藍先生一看到我就上前抱住我，「受累了，兄弟！」

我忍不住眼淚，讓它流了下來。

藍先生將我放開說：「我也在白屋待過，知道裏面是怎麼回事！」

黎師長走過來，將手放在我肩上，「辛苦了！我們一知道你進了白屋，就想辦盡法要臺北跟英國人交涉，英國人故意拖了好久才放人！」

藍先生：「來，我們好好吃一頓，你在裏面肯定沒吃好！」

我看黎師長走出房子對人喊：「下麵。」

15分鐘後，有人端了3大碗麵進來。

黎師長：「來！這可是吊頸嶺出名現揿的『打鹵麵』。」

我們3個人一起坐下，大口地吃了起來。

吃完以後，藍先生拿了一疊鈔票給我，「阿軍，給你看醫生。」

我從鈔票裏抽出5百塊，把多餘的錢推回去給藍先生說：「道上的規矩，風險自己擔。我不缺錢，跟你做事是把你當朋友。」

「好！」藍先生把錢收回去，不跟我婆媽。

隔天我去見林廣三，林廣三一看到我就臭罵：「我丟你老母！你怎麼瘦了半個人？你跑哪裏去了？我到處找你找不到人！」

「我被警察抓關了起來，剛剛才放出來。」

「我丟你老母，石探長竟敢抓我的人！」林廣三罵得更大聲，「阿牛，給我叫上一百個能打的帶上家伙，立刻跟我去警署。」

我說：「三哥，不是石探長抓我，是英國人。」

「英國人？」林廣三想了一下，「他們抓你幹什麼？」

「我前一陣子看到一個老外在我們地盤調戲一個女的，我上去揍了他，想不到他是個警司，後來他找到我，拿槍指

著我把我拷回去，昨天才把我放了。」

「什麼？你怎麼這麼倒楣惹上了英國人！」林廣三嘆了一口氣，一臉無奈，「好了，你回去好好休息幾天。」

從此以後，我常常到吊頸嶺，每次去的時候都會帶一些酒過去和藍先生、黎師長小喝一輪，要是遇上過節，我就拉一車的米和麵粉過去。

我不時會想，藍先生沒有對我見死不救，他要不是國民黨的話，我們一定可以成為好兄弟。同時提醒自己，要收起這份惋惜，自己還有比這個更重要的事要做，不要因為這份友情忘了黨更大的使命，不要因為自己內心所產生的情誼，模糊了解放臺灣，解放全中國更高大的意義；要放下自己。

1954年9月，共軍開始不斷強力炮轟金門，三個月後，國民黨外交部長葉公超赴美與美方簽署〈中美共同防禦條約〉。美國總統艾森浩想借此條約從中穩定國共在臺海間的當下局勢，不對臺灣所控制的福建沿海島嶼有明確說明，讓毛澤東摸不清美國對中共的明確軍事底線。隔年的1月28日，美國國會通過〈福爾摩沙決議〉，美方可以出兵保衛臺灣，但美臺合作的前提是臺灣必須支持西藏問題「國際化」，蔣無法理解。同年，國民黨保密局改名「情報局」，隸屬國防部。

蔣考量未來以廣東做為反攻大陸的軍力補給，全面更改韓戰期間以浙江與福建為主要目標，寧定『光計畫』以廣東省的珠江三角洲為目標，並對大陸東南沿海的島嶼做出取捨，一月放棄浙江省一江山島，二月再舍浙江省大陳島，臺灣附屬島嶼僅存金、澎、馬，同時喊出口號「一年準備、兩年反攻、三年掃蕩、五年成功。」

4月18日至24日，第一次亞非會議在印尼首都萬隆舉行。中共總理周恩來任中共代表團團長，租用印度航空「克什米爾公主號」客機，取道香港飛往萬隆。周恩來獲得情報，飛機過道停留香港時段，國民黨特務將於機上設置炸彈。飛機啟程當天，周恩來臨時決定改乘4天後的航班。原機從香港再度起飛後在空中爆炸。

同年，國民黨啟動「光計畫」第一步，先派遣20名情報人員分別以商人、工程師、藝術家等不同身份，分別由新加坡、泰國、馬來西亞、印尼飛抵香港，再從香港潛入羅湖口岸，分散到達珠江三角洲及其周圍偵查環境，並做將來國民黨軍登陸之內應。

我對林廣三說自己消失一個月原因，對外也都說得一樣，顧雅芝請了兩天假照顧我吃藥，我也看她哭了兩天。

　　我內心期待婉俞會來看我，可是她沒有出現過，我一直以她必須維持紀律不能橫線聯繫的理由安慰自己。

　　我再看顧雅芝，她雖然年紀大我不少，可卻有一般年輕女人沒有的細心與優雅，那貴族的氣息與五官，當她餵我吃藥的時候，我覺得她最美的地方是她的善良。

　　「妳的家人都在南洋，妳沒想過回南洋住？」

　　「有，不過香港的金融市場比南洋先進，當初從上海來香港的時候，只是想多看一些國際化的金融環境再回南洋，好好陪爹娘多幾年……不過……」

　　「不過怎麼樣？」

　　「不過……事情總是會變，他們來看我也可以。」說完竟有些臉紅。

　　我心中訝異，她臉紅的神態竟然像個少女。

　　每隔5天我就上風車的藥鋪診脈抓藥，2個禮拜後我逐漸恢復到原來的體重。最後一次到風車那裏抓藥的時候，風車告訴我，透過我方潛伏在臺北傳送過來的情報，將有20名國民黨特務會從香港潛入大陸。

　　近3個禮拜，我方同志分別在深圳、羅湖、惠州抓到11

名剛潛入內地的國民黨特務，他們都是由香港進去的時候被捕。從其中幾個口中挖出他們一共有20個人，以不同身份從東南亞各國飛到香港，其中16個再潛入廣東省再分散到珠江三角洲附近，4個留在吊頸嶺執行香港諜報工作，這些和臺北傳送過來的情報完全吻合。

風車指示我找出4個剛到吊頸嶺的國民黨特務，挖出他們所用的名字和代號。

我再次對自己這份特務的工作產生反感，我必須回去在好兄弟藍先生和敬重的黎師長面前演戲，骨子裏做一個不仁不義的好兄弟。

據說臺灣方面給吊頸嶺的救濟非常微薄，每年給的只夠吃3個月，其他的只能靠他們自己，大部分的男人都出去做苦力，不少人為了能填飽肚子不得不加入黑幫，做起販毒的生意，還有大批人每天固定出去行乞。黎師長一個人扛起吊頸嶺近八千條命，他要和港英政府周旋，和臺北方面不斷爭取接收，申請當地的慈善救濟，想辦法讓大家不餓死，安定所有人的情緒，還要做好不屈不撓和不變節的領導模範，我不知道這幾年他是怎麼過下來的。

我又開始恨自己，不想再去吊頸嶺，但還是要逼自己回去。

當我要離開風車的藥鋪，風車說：「千手之前經常接觸的其中一個老外史密斯教授，我們已經證實他是軍情六處在

港的最高領導人。」

我睜大眼看著風車。

風車：「千手的確是個一流的特務！連這個都可以被她挖出來！」

我又帶上幾瓶好酒，一只烤鴨和3斤叉燒在黃昏的時候到吊頸嶺，今天酒多帶了兩瓶。

和平常一樣，我和藍先生、黎師長在喝酒的時候，一群小孩子圍在外面等，每次我喝完酒離開以後，黎師長就會把剩菜分給孩子們，這些孩子連平常過年的時候都吃不到肉。

我這次故意多喝了不少酒，表露失態，大罵英國人強租香港，大罵美國人干預臺海政務，還說沒用的英國兵在二戰的時候靠國民黨孫立人將軍解救，然後醉趴在桌子上。

藍先生：「被英國人拷打了一個多月，心裏還有怨恨。」

黎師長略帶訝異得說：「他竟然還知道孫立人將軍！」

「他是個讀過書的人，上過南開大學，戰亂的時候才跑來香港投靠遠親。」

黎師長走出房子叫了兩個人進來，說：「把胡先生抬去我的床睡。」

進來兩個人的口氣聽起來對黎師長非常很尊重，大概是他以前帶過的兵，其中一個人說：「師長，到我那兒去睡

吧！我那裏地上再鋪個床馬上就有。」

「嗯。」

接著我就被兩個人抬走。聽到身後一群孩子圍到房子門口，黎師長把剩菜拿出來說：「排隊，年紀小的排前面，年紀大的排後面，一人只能拿一塊……」

我的天哪！這是什麼床，不過是在泥土地上鋪一張草席，草席下面還有凹凸不平的石頭！

過了一會，一個人進來睡在我旁邊另一張草席上，開始打呼。

我把手伸到月光照得到的地方，手錶上的時間是凌晨12:20。

我悄悄起來走出房子，四處探視環境，從剛才被人抬過來一共18步到了這個房子，從地上月光的影子看來，我認出黎師長的房子就在我睡的房子南邊。藍先生和其他特務睡得地方應該也在這附近。

我正想開始到處看，「胡先生！」身後的叫聲音把我嚇了一跳，我回頭看，是個年輕人從我睡的木房子走出來。

我說：「我想小便，哪裏方便？」

「我帶你去，往這邊走！」

這個年輕人把我帶到一堆草叢前面，「這裏就行了。」

我拉完尿，再跟著這個年輕人回到房裏躺下。

回想剛才去小便的路上，整個吊頸嶺晚上看起來和白天完全不一樣。看來這個睡我旁邊的人和黎師長打過野戰，睡得再怎麼熟，稍微一點動靜就會睜開眼看，不得不放棄夜晚裏探察的念頭。

回到房裏，躺在凹凸不平的泥地上，怎麼也睡不著。

早上天剛亮，我早已躺得難受，起來到屋外走動，手錶上的時間是5點一刻。

6點半的時候，吊頸嶺醒來的人越來越多，我這個生面孔已經不方便到處走動。可是在這之前，我到處看了一下，也走到一個至高點覽視了整片吊頸嶺，表面上看起來是凌亂不堪的難民營，但是細看下會發現它有軍事地型的分排。

吊頸嶺建在面海的山嶺上，它中央最下面靠海的地方是一間教會，聽黎師長說過，英國傳教士定期供給他們木材、水泥、麵粉，於是答應他們在山嶺最下面的空地蓋一間教堂。老外傳教士還每天在教堂裏用廣東話教孩子們讀書。山嶺兩邊是外來人可以襲擊進入的缺口，他們在兩邊蓋上了幾間大型的木屋作為防禦，木屋後面住的多是男丁，再裏面往山嶺進去多是婦孺。中間是倉庫，存放白米和麵粉，平時有人看守。黎師長的房子在海岸線和倉庫中間的山坡上，背山面海，可以清楚看到左右方和前方，萬一有外來人入侵，可

以一覽地形做有效率的調度。

　　我回到房子裏，看到那個年輕人在煮粥，我和他聊上幾句。

　　「胡先生這麼早就醒了！」

　　「是啊！你們這裏空氣不錯。」

　　「天氣熱的時候就難受了，蚊蟲多，有時候還有蛇！」

　　「你平時都做什麼？」

　　「這裏的男人白天都出去幹苦力，我到香港前一直是黎師長身邊的傳令兵，現在還是跟在他身邊做個隨從，大小活什麼都幹。」

　　「到了香港終於不必再槍林彈雨了！」

　　年輕人嘆了口氣搖頭，「吃不飽也餓不死，死賴著！」

　　「怎麼稱呼你？」

　　「我叫趙庭安，到了香港後師長不再叫我傳令兵，叫我庭安，你也叫我庭安好了。」

　　「這裏平常不會有外人進來吧？我上禮拜來的時候看到兩個男的不像這裏的人。」我故意問。

　　「那大概是藍先生的朋友，他的事只有師長知道，我們其他人不敢多問。」

　　「有生面孔在吊頸嶺出現，你們不會有警戒心嗎？」

　　「一個破吊頸嶺，有什麼值錢東西好拿的，誰會想來！」

可見上個禮拜確實有新面孔在這裏出現過！我再問：「你跟在黎師長身邊，都沒進市區裏去逛逛？」

　　「其實這裏要做的事也挺多的，種菜、修房子，待悶了跟師長說一聲也是可以出去晃一晃，還行。」

　　「改天出去了到銅鑼灣找我，隨便一家賭場和妓院問一下，就可以找到我，那裏幾家四川館子和湘菜館子都不錯，我請你吃飯。」

　　「銅鑼灣有四川館子？」趙庭安興奮得說。

　　「是啊！我常去。你老家哪？」

　　「四川雅安啊！我來香港以後就沒吃過四川館子！」

　　「那你一定要找個時間過來找我。」

　　「好啊！好啊！」

　　我會這麼說是因為知道黎師長帶的多數是川兵和湘兵。

　　「我先走了，你幫我跟黎師長和藍先生說一聲。」

　　「粥快好了，喝一碗再走吧！」

　　「不喝了，我還有事，找時間過來銅鑼灣找我啊！」

　　「好的，一定！」趙廷安笑開大嘴說。

　　接下來幾個月，我和藍先生出了幾次任務，都非常順利。

　　和藍先生私下吃飯的時候他對我說：「阿軍，我看你頭腦不錯，也挺能打的，要不要到保密局來做事？」

　　「我現在不就是在幫保密局做事嗎？」

「你現在是馬仔，過來幫我做事，不要永遠都做馬仔。」

我看了藍先生一下，喝了兩口湯說：「保密局給的錢會比我現在在三合會還多嗎？」

「阿軍，你是讀過書的人，跟其他幫會的人不一樣，我就用聰明人的方式跟你談。人的一生除了錢，應該還有比錢更重要的東西。在你三餐都沒有問題之後，我們再考慮的東西就已經不是錢。幫會的人或許會考慮『權』，可是到頭來還不是在權跟錢兩邊打轉，一輩子庸庸碌碌而已。如果你覺得生命可貴的話，那生命超越錢跟權以後，更可貴的是什麼？」

「你在跟我談社會主義的東西？」

「你要這麼說也可以。」

藍先生看我沒說話，接著說：「我本來上大學的時候，是讀機械工程的，還一心渴望到德國留學，後來受了我表姐夫的影響加入國民黨，留在中國追隨孫中山的遺志。」

我驚訝藍先生說得出這種話，好奇得看著他。他知道我不是一般小混混，想對我訴說天馬行空的深明大義，或給我一時的感動都是無濟於事的。

藍先生：「以我當時的家境，可以走我自己的理想，大學畢業後去德國深造是絕對沒有問題。在我大學畢業的前一年，認識了我表姐的未婚夫，他是黃埔軍校第4期的學生，

上過周恩來和孫中山的課。後來國共正式分裂，我姐夫選擇到廣州投身國民黨，因為他相信孫中山討伐滿清的信念，以及創立五權憲法的意義。我表姐夫和我表姐結婚以後，我們更是常常見面，他對我說到五權憲法中『防止以往滿清政府的專權，而同時將選舉、罷免、創製、復決四種政權由人民掌握』，我深受感動，也明白了人民的技能要在健全的制度下才能有價值的發揮，而當下是建立健全民主制度的階段，所以我大學畢業以後又投考軍校，然後進了保密局。」

「你沒有和共產主義做過比較，就一腔熱血投身國民黨，會不會太衝動了？」

「我相信孫中山討伐滿清的革命，這已經足夠。我們失去香港，失去臺灣，失去東北，都是在腐敗的大清政權下發生的。我相信自己是在做生命有意義的事，對得起自己的事。」

雖然我也有很多話想說，可是不能說，因為我怕和藍先生辯論起來，他會看出我有共產主義的思想而對我起疑心。不如就聽他說，做出接受他的樣子，更能和他接近。

我把湯放下，喝了一口茶，很認真得思考；我不能這麼快就答應他，太容易的事，反而會讓人覺得不對勁。

「你想我怎麼幫你做事？三哥那邊可不會這麼容易就放我走！」

「過來成為保密局的人，繼續維持洪門的身份，繼續在

三合會做事，不能讓人知道你保密局的身份，我會和黎師長為你主持一個祕密的入黨儀式，只有少數保密局的人會知道你的真實身份。」

我必須答應他，但不能這麼快，「我想多了解國民黨再做決定，你給我一點時間考慮一下。」

「好！」藍先生拿出兩本冊子給我，一本是《五權憲法》，一本是《三民主義》，兩本都是孫文所著。

我伸出雙手，恭敬得收下。

「如果有什麼疑問，我們可以私下一起討論。」

看來是在對我做統戰工作，也好！知己知彼，「我會好好看的。」我看著藍先生真誠得說。

我把這件事通報了風車，風車認為這是打入保密局的絕佳機會！

中午巡視妓院的時候接到電話，「軍哥，有個姓趙的找你，他廣東話說得不好，看起來像剛偷渡過來的，要不要打發他走。」

「他是我朋友，叫他不要走，我現在過去和他吃飯。」

「知道了，軍哥。」

我坐黃包車到銅鑼灣一家賭場，看到趙廷安坐在門口，我下了車立刻大聲叫他和他握手，「廷安，怎麼過了這麼久才來找我！」

「軍哥，正好師長要我出來補貨！」

「補什麼貨？」

「都是一些小東西，肥皂、釘子之類的雜貨。」

「有沒有清單？」

「有。」

「給我看看。」

廷安把清單拿給我，我看了以後，把清單交給賭場裏的一個手下，叫他2個小時內把東西買齊，然後搭上廷安的肩膀，「還好你今天來找我，不然我又要一個人吃中飯，無聊死了！以後再出來補貨一定要來找我。」

「知道了，軍哥。」趙廷安開心得說。

我帶廷安到灣仔一家有名的四川菜館，叫上3菜1湯，還

喝了一些白干。

我吃了2碗飯半碗湯，廷安在我面前吃了5碗飯，把菜和湯全部吃的乾乾淨淨，我幾乎不太相信自己的眼睛。

「廷安，味道和你老家的一不一樣？」

「辣勁差了點！」

「啊？這還不夠辣！下次來我們叫廚房再加辣。來，乾杯！」

廷安一邊吃一邊把酒喝掉，我看他不停地吃，有點擔心他會吃撐了，把胃吃爆！他連盤子裏的菜汁都不放過。

「吃飽了嗎？」

「飽了。」

「再來碗面？」

「飽了！飽了！」廷安有點不好意思地說。

我付了賬，我們回到賭場，清單的東西已經買好，廷安掏出錢要給我，我不收，他硬要我收，「不行啊！沒這種事，師長知道了會罵我的。」

「好吧！」我把錢收下。「下次什麼時候可以再出來？」

「不知道。」

「有機會出來就過來，不然我一個人吃飯沒人跟我說話太悶了！」

「知道了，軍哥。」

我叫了一輛黃包車送廷安到西灣河讓他搭船回吊頸嶺，給了車夫錢，再次提醒廷安要他常來找我吃中飯。

廷安背上所有雜貨上黃包車，不停回頭對我道謝。

下午，我準備回家小睡一下，走上大街，看到黃蜂拉著黃包車朝我跑來，我向他招手，上了他的車。

走進風車的藥鋪，當下藥鋪裏沒有其他人，我直接走入診脈房見到風車。

風車：「我們有6個特工同志在過去兩天裏同時失蹤。」

我說不出話！

「目前懷疑是保密局動的手」風車臉色非常沈重，點了煙抽上濃濃一口，「你最近也要小心！」

「知不知道是哪個環節出了問題暴露？」

「我想了整個晚上，想不出來。」風車吐一口煙說，「目前懷疑是保密局報復我們之前抓他們11個人。你最近有沒有看到藍先生那邊有什麼行動？」

我想了一會說：「沒有，不過我會加緊調查。」

風車點頭，還是一直抽煙，好一會沒說話，終於開口：「為了知道我們失蹤的6個同志是死是活，抓緊時機潛入保密局。」

「是。」

我到吊頸嶺找藍先生，用很慎重的語氣告訴他，我看完
〈五權憲法〉和〈三民主義〉，考慮了整整兩天兩夜，我想
加入國民黨，在他手下一起為國民黨做事。

　　藍先生聽我說完以後，竟然眼中帶淚。我脆弱起來，兄
弟情義和鐵漢的真誠又在我內心通過血液散布到全身，流入
我大腦，我不斷告訴自己，說謊是為了黨，黨的利益高過一
切利益！

　　藍先生抱住我。

　　我流下對不起兄弟的眼淚。

　　黨的大義高過說謊，高過一切！

　　入黨儀式在吊頸嶺裏的半夜舉行，前後只有2分鐘。黎
師長帶我宣誓，藍先生是見證人，還有兩個保密局的人也
是見證人，我從沒見過他們，他們的代號是『千鶴』和『霧
鋒』，應該就是剛從臺灣調派過來安置在吊頸嶺4個中的2
個。藍先生給我在保密局的代號是『虹鱒』。

　　我成了雙面間諜！

1957年6月21日，俄羅斯王牌間諜「千面人阿貝爾」，在紐約自己的公寓被FBI逮捕，判刑30年，轟動整個東西方諜報界。

同年，中共發起反右運動，大量知識份子、異見者被打成「右派」遭受迫害，引發第一次大規模以知識份子為主的逃亡潮。1957年6月底至9月底，大陸公民第一次大規模通過深圳越境逃亡到香港，歷時3個月遭到鎮壓而平息。

1958年，毛澤東定8月23日炮攻金門，香港當天早晨的〈南洋商報〉裏赫然出現一則「金門即將發生炮戰」，將此機密透露給南洋商報的人，正是毛澤東自己。

解放軍於8月23日傍晚起大規模炮轟金門，在2小時內朝金門島發射4萬多顆炮彈。蔣：「絕對不能失守！」。炮轟金門進行至第19天後，周恩來透過在香港的兩岸秘史曹聚仁轉達臺北，解放軍準備停止炮轟金門7天，讓臺灣對金門進行補給，前提是美軍艦艇不得協助護航，蔣沒做回應，7天後共軍再停火2星期。10月底，毛以彭德懷名義宣布採取「單打雙不打」（星期一三五打，星期二四六不打）。蔣放下心中大石。

晚上，我和顧雅芝到九龍的鬧區吃飯。

她今天看起來好像……不太一樣，妝化的特別濃。

吃完飯後，和往常一樣在夜街裏閒逛，我們無話不談。

我們逛到一家英國婚紗店，快9點了，他們早已經打烊，可是櫥窗的燈光打得通亮，櫥窗內的3個模型人像被套上了時尚的西式婚紗，我牽著顧雅芝的手，陪她在櫥窗前面站了一會。

我拉上顧雅芝的手要繼續往前走，竟拉不動她，我又拉了她一次，看她處在原地盯著櫥窗裏的婚紗不走。

這是什麼意思？「走吧！」

顧雅芝裝成沒聽見似的，還是不走。

我有些失去耐性，用雙手拉她，她就是不走！

天哪，別跟我說妳要結婚！

「我要穿這個！」顧雅芝指著櫥窗裏其中一套婚紗。

我裝傻，「人家店都關門了，改天再來逛。」

顧雅芝搖頭，雙眼只盯著櫥窗。

我嘆了一口氣，「妳別跟小孩子一樣好不好，我總不能把玻璃打破拿出來給妳穿吧！」

顧雅芝眼裏擠滿淚水，她氣這個男人跟她裝傻！

「那妳要我怎麼辦啊？」

我半哄半求的終於把她從櫥窗前拉走。

晚上，我在顧雅芝家過夜。她赤裸地騎在我身上，不斷地蠕動下半身，當她的表情開始轉變得時候，一邊呻吟一邊說：「阿軍，我快老了，我們結婚好不好？」

她還是說出口了！

「我每天打打殺殺，一天大魚大肉，一天三餐不繼，有今天沒明天的，別開玩笑！」

「我不管！」

「別任性了！妳是大人，不要再有千金小姐的脾氣。」

顧雅芝把我的頭塞進她胸前，大叫一聲後，喘著氣說：「結了婚就是你的人，你怎麼過我就跟你怎麼過。」

「我的生活妳過不了，妳會後悔的！」我下床穿上衣服，把話題岔開。

第二天早上，我和她一起出門，見到她看我的眼神裏帶有迷失。

這幾天我在賭場裏不停地想，想了很多、很多，也想了以往對婉俞的迷戀和顧雅芝對我的真心真意，最後決定請風車幫我向組織申請准許我和顧雅芝結婚，只要組織允許，我要立刻向顧雅芝求婚。

我在隔天早上出門的時候把一盆花放在打開的窗口，放出請求與風車見面的信號。

楚
山

1
8
5

我到了榮發藥鋪下車，進去見到風車，還沒開口對風車說出和顧雅芝結婚的申請，風車先對我說來組織的消息。

　　「臺灣那邊有消息，接下來3個月，臺北將大大縮減情報局在香港的經費，撤回7成情報主力，看來蔣介石已經接受美國人所要的兩岸現狀。組織希望你能向藍先生爭取一同過去臺灣，並且多帶一個人過去，她是你廣州的未婚妻，代號『海風』。你們的婚姻從小由父母包辦，到了臺灣，她會給你適當的協助。」

　　我聽了心中開始絞痛，我知道組織一定會要我去臺灣，可是我希望和我一起去的並不是海風。

　　「藍先生一定會被撤回臺灣嗎？要是他沒有被撤回……」

　　「我們已經知道撤回的人員名單中有藍先生。」

　　「我不習慣和女同志……」

　　「我們好不容易可以利用這個機會多派一個情報人員進入臺灣，用你妻子的名義是他們無法拒絕的理由。海風5天後將在深圳混入偷渡的人群來到香港。」

　　「妻子！你不說是未婚妻嗎？」

　　「只要海風同志一到，你們就立即舉行婚禮。海風成為你的妻子，和你一起到臺灣就是順理成章的事。」

　　我差點傻掉，那你要我怎麼面對顧雅芝？

我多麼希望海風偷渡失敗！

　　如果海風偷渡成功，我到底要如何面對顧雅芝呢？

　　如果我拋下顧雅芝和新婚妻子去臺灣，顧雅芝會受多大的傷害！我將是一個無情無義的混蛋！

　　顧雅芝下班後要我陪她去挑婚紗，我維持一個特務該有的演技；我恨特務這個工作，恨特務這個稱號，恨這個世界有特務的存在，更恨自己是個特務。

　　這幾天晚上，我總是一個人在洪門旗下開的夜總會裏喝到不能走路，喝到給自己完全丟臉，喝到自己踐踏自己的顏面，希望醒來以後，風車能夠告訴我「海風」偷渡失敗，接著我就能夠和顧雅芝結婚，帶上她一起去臺灣。

　　或許一個特務該有的宿命就是不停面對內心掙扎。

　　5天後海風順利偷渡到香港，風車叫我去藥鋪和海風見面，記好海風的背景資料呈報給藍先生。

　　我選擇在公共場合告訴顧雅芝我的未婚妻來到香港，我挑了一家人多的西餐廳。我告訴顧雅芝我必須遵守父親遺願與海風結婚，否則對不起泉下有知的父親。

　　顧雅芝依然修養很好安靜地瞪著我，她淚流滿面狠狠地說：「那這些日子來，你為什麼要和我在一起？」

　　「我根本忘了自己有未婚妻這回事，也沒想到她會偷渡

過來找我。」

「如果是我們結了婚以後她再過來了呢？」

「那就依照香港法律，我只好娶她做二房嘍！」

顧雅芝氣到胸口喘得上下起伏。

「我也是千萬個不願意啊！」

這句話不說還好，顧雅芝聽了拿起桌上的水杯潑到我臉上，氣得走出餐廳。

是啊！把我想得越爛越好，我就是個騙子、人渣，這樣妳傷得就越少。

餐廳裏其他客人看著我，我無所謂，因為我就是個人渣！一心只會成全自己，一個自私自利的人渣！

我突然明白，做一個特務的最終目的，就是要看誰能把謊話撐得最久，撐到最後。

白宮和北京做了一個「人質交換」的協議，美國釋放中國的科學家——宋飛，中國釋放9名在朝鮮戰爭中的美軍戰俘。宋飛是留學美國普林斯頓大學專攻『潛水艇』氣壓學的高材生，美國國防部部長親自會面宋飛，給出豐厚的條件包括一份終身職的合同，可是宋飛在普林斯頓大學裏受過教授種族歧視的打壓，堅決不配合，接著美國海軍軍長出面恐嚇、栽贓宋飛是中共特務，宋飛依然堅決不從，最後遭軟禁。

　　共黨特務曾在美國多次與宋飛暗中接觸，了解宋飛回國心切，於是在聯合國中不斷指出美國不允許宋飛回國的不人道行為，加上周恩來親自出面與美國疏通7次，兩年後白宮無可奈何，最終與北京談判做出這項『不划算』的交易。

　　美方與中方達成協議在中立地區—香港，做人質交換。

　　美國中情局與英國軍情六處布下層層保護網，確保國民黨和俄國科格勒不會從中破壞。

　　人質交換地點設在香港與羅湖邊界，只要宋飛一從香港踏進羅湖，共產黨立刻有軍隊接手。宋飛如何出現在羅湖的時間與過程，中情局嚴格保密。

　　我被藍先生通知到吊頸嶺開會，在這次會議裏我居然見到藍先生手下大部分的特工，全部有8名之多，他們竟然一次全部出現在我面前！我壓制內心的驚愕，同時不斷猜想，

是什麼重要的事藍先生居然會讓他的下線有橫線接觸的機會？

在我面前8個特工裏面，除了見過之前做我入黨見證人的『千鶴』和『霧峰』，我還認出其中3個，以前到吊頸嶺進出的時候見過他們的面孔，他們的穿著和吊頸嶺的人沒什麼不同，平時也夾雜在吊頸嶺的男丁中出去做苦力，一身骯髒邋遢，面貌平庸，竟然是藍先生隨時可以調度的特工！

藍先生不對我們做介紹，他也不希望我們互相知道身份，我明白這是預防將來其中任何一個人暴露或叛變，會扯出其他同志的原因。

藍先生開門見山，說明這次會議的內容是為了刺殺宋飛，並要求在場所有人在這幾天準備隨時行動。

藍先生：「如果宋飛回到大陸，預估共產黨的潛水艇技術將會一下進步20年，海洋作戰的水準很快就會與美、蘇在全世界並列前茅。我們不能讓類似1955年錢學森回歸共產黨的事再一次發生。我目前掌握的情報不多，宋飛將會在新澤西由中情局與FBI的人陪同上機，目的地是香港美國領事館，然後加上英國軍情六處的人護送到羅湖邊界，與共黨交換9名美軍戰俘。美國對外放出3個宋飛抵達香港的航班號，我們也還在等待我方在北京那邊的情報，確實的日期很快會到。臺灣非常看重這次的行動，在坐的你們必須全身投入這次刺殺宋飛的行動。」

我說：「非要刺殺嗎？這種人才死了太可惜了，不如搶

人吧！」

藍先生：「宋飛是拿共產黨獎學金到美國的，促成這次人質交換的也是共產黨，據我方在美國傳送過來的可靠情報，新中國成立的時候，宋飛的反應非常興奮，就算我們搶到宋飛，他也不會歸順國民黨。而且搶人的難度遠比刺殺要困難許多。我們刺殺宋飛的機會只有兩次，一次是在他到達香港從啟德機場到美國領事館的路上，一次是從美國領事館到羅湖的路上。用狙擊手是行不通的，美方會以大使的防彈專車載送。出發前我會把刺殺計畫告訴你們。」

代號「千鶴」的特務說：「美國拖了兩年才同意放宋飛，可見美國是不希望宋飛回到大陸，和我們的目的一樣，或許可以和中情局私商，讓他們給我們刺殺的機會。」

藍先生：「其實我也想過，但是行不通，萬一中情局拒絕，我們行動前將會受到他們嚴密的監視和防備，導致我們下手的難度一下大大提升。事後不管我們成不成功，都會遭到中情局和軍情六處的報復。」

我說：「他們會拒絕嗎？」

藍先生：「可能會。美國這個大流氓，如果他不放人，就會和北京無限期得拖下去。既然決定放人，一定是平衡好了放人的考量，不會輕易更改。所以我們不能冒險和美國人談這件事。宋飛抵達香港的確實航班號以及人質交換日期很快就到，大家做好準備。」

我把這次會議的過程通報風車，風車要我在必要的時候不惜曝露自己的身份，也要阻止藍先生一組人刺殺宋飛。風車更派出一個賣煙的小販，白天在我平時待的賭場外待命，一個烤番薯的小販，晚上在我住的房子外待命，讓我可以隨時以第一時間傳送刺殺宋飛的進展。

　　11天後，我接到藍先生打到賭場找我的電話，「刺殺行動開始，立刻到富源茶樓領命。」

　　我放下電話就走出賭場，到賣煙的小販買了一包煙後即刻趕往富源茶樓。

　　在富源茶樓的貴賓房中，同樣是藍先生和其他8個國民黨特務。藍先生說明宋飛將會在4個小時後抵達啟德機場，分配了每個人在啟德機場停車場的位置，要在接宋飛的車子底盤裝上無線電遙控炸彈。

　　我們走出富源茶樓的時候，我看到風車在馬路邊一部車子的駕駛座中。

　　照藍先生的計畫，我們一共有4部車，我和千鶴上了一部朝啟德機場的方向開去。

　　4部車前後各差距5分鐘進入啟德機場停車場，我們很快找到美國領事館車牌號碼的車，他們一共有3部，每部車都有一個老外坐在駕駛座，手持無線電對講機；還有4部車跟

他們停在一塊，每部車內都有一個穿英國海軍制服的人在駕駛座，看來是英國軍情六處派出來的人。

宋飛的班機還有1個多小時抵達香港，藍先生有足夠的時間部署。先是兩輛車在這些老外面前意外擦撞，車內的人下車爭吵，吸引所有人注意，同時有三個人爬到三輛美國領事館的車底裝上無線電遙控炸彈，我是其中一個。

回到車子上，我看見警察過來調解汽車擦撞的事故，雙方很快互相留下駕照的資料然後離開。10分鐘後看到風車開車從我面前繞過，風車是故意讓我看到的，我必須找機會告訴風車保密局將要引爆美國領事館的車子。

我看風車在前方不遠處停下車子，我對千鶴說：「我去洗手間，馬上回來。」。

我下車朝機場走去，慢慢走近機場內的洗手間。

沒多久就看到風車也走進洗手間來，洗手間裏人太多，沒時間對這麼多人做身份識別判斷，難以和風車接觸。我再走出洗手間，朝書報攤走去，在書報攤前拿上一本雜誌，翻了一下就放回去離開。風車把我翻過的那本雜誌拿到櫃臺付賬，離開書報攤沒多久就翻開那本雜誌，從裏面抽出一張小紙片，裏面寫「10人　4部車　美領事3部車下已裝遙控炸彈」。

我回到車子裏，看千鶴把椅背放低了一點，雙眼一直盯著前方。

千鶴發動車子，將車開到所分配的定位，然後跟我閒聊，聊得全是最近香港的社會新聞，聽千鶴說的廣東話非常標準，可是不順，猜不出他老家是哪裏。車子停好以後就熄火，車窗都開到底，從後照鏡裏看到一個人從車旁走過來，這看來沒有什麼不對，偶爾車旁都會有過路人經過。這個過路人突然通過車窗刺進一把匕首插入我肚子，在我痛得叫出來同時，看到千鶴拿出一個黑布袋朝我的頭套上，接著好幾拳打到我頭上，然後一條繩子拴住我脖子，把我拖到另一部車上，接著聽到車子開動的聲音。

肚子的刺痛加上頭套令我呼吸非常困難，我喘了好久，慢慢伸手去拉開頭套，看見剛才拿刀刺我的人在開車，那把刀子還插在我肚子裏，千鶴在後座用一把左輪指著我說：「套上，這樣對大家都好。」

我忍著痛把頭套拉下，強忍氧氣不足的呼吸方式，我把嘴張大，試圖能多吸一些空氣。

大概半個鐘頭以後，車終於停下來，我沒被肚子插上的那一刀刺死，可差點被蓋著的頭套給悶死。千鶴和用刀刺我的人扶我下車，上樓梯，每層16個階梯拐彎一次，一共8次，估計我上了4樓，接著就開門再關門的聲音，被帶進一間公寓。

一進公寓就聽到留聲機傳出京戲的聲音，我被放到一張椅子上，這時我發現唱京戲的聲音不是粵劇，那就不應該是

留聲機放出來的，應該是唱片放出來的。

蓋住臉的頭套終於被摘下來，能好好呼吸太好了！

千鶴看了我一下說：「不是吧！才在你肚子上刺了一下，又不會死，你連嘴唇都變白了！」

「我操你媽的！用頭套一路把我蒙著，你知不知道人缺氧會死？」我瞪著千鶴說。

千鶴笑了一下，「看你還能罵人，不會有事的！」，在沒預警的情況下，千鶴突然把插在我肚子上的刀子抽出來。

我痛得大叫一聲，接著看見血從傷口不斷地湧出來。

用刀刺我的人站在一旁，見我一臉變色，他似乎很享受，開心得笑出來，然後走到我身後用繩子將我兩只手緊緊得綁在椅子後面。

千鶴走進旁邊一個房間，那個傳出京戲的房間，不到一分鐘再走出來，來到我面前把我的衣服撕開，草草了事得把我被刀刺的傷口包紮起來。

用刀刺我的人說：「說吧！把你的上線，你們怎麼聯繫和最近執行過的行動都說出來，配合一點，你早說晚說都要說，大家都省點力。」

我舔了一下乾裂的嘴唇，開始說：「我的上線是藍先生，除了這次要暗殺宋飛，之前我們還……」

千鶴嘆了口氣，「楓葉！你還要浪費時間嗎？」

「楓葉！」我頓時吞了一下口水，腦子一片空白，立

刻提醒自己要以最快的時間冷靜；他們既然知道我在共黨組織的代號，可見已經知道我是共黨特務，但知道的不多，我要先知道他們知道多少，才可以判斷該如何把話編造下去。「叫藍先生來問我，藍先生是我兄弟，有什麼話我只對他說。」

用刀刺我的人又笑了一下，「看來你還搞不清楚，你現在沒有籌碼跟我討價還價！」說完拿起之前刺我的刀，來到我面前，故意用很慢的速度，再往我肚子刺進去，不拔出來。

千鶴漸漸笑出來，似乎是在佩服他的同夥以這種緩慢一點一點刺入我肚子的手法，這樣可以增加我感官的恐懼，幹的不錯！

「說吧！再加幾刀在你肚子上，就算你不死，腸胃多了幾個洞，治了也活受罪！」用刀刺我的人說。

我拚命得喘氣，冷汗不斷地滑過眼睛，再流到嘴唇上。

撐住！撐住！為了黨國，這些都不算什麼！

「我不知道你的極限在哪裏，但我一定會一步一步得達到你的極限，然後突破你的極限，我們接著來！」用刀刺我的人抓住我肚子上的刀子。

我咬緊牙，準備讓他把刀子抽出來。

他慢慢地將刀子抽出，然後看著我說：「下一刀要來了喲！」，再將刀子慢慢地重新刺入。

我雙眼死瞪著他，隨著肚子傷口的疼痛叫出來，他看到

我瞪他，也瞪上我，同時把刺入我肚子的速度放得更慢，我看著他瞪我的眼神很狠、很享受，還有一絲聽我嘶吼的痛快！

刀子終於插到底，我不停地喘氣，他馬上說：「我們別停，好戲接著來！」準備把刀子再抽出來。

我一臉上都是冷汗，還流了不少口水在身上，用盡全身力氣說：「來吧！再不到1個小時我就會斷氣，沒見過你這麼白癡的審人方法！」

拿刀刺我的人立刻變了臉色！他臉上原有的得意和變態，一下子轉為憤怒，憤怒到似乎將要一刀就殺了我。

這下換我露出得意又滿意的笑容，我笑了幾聲以後就笑不出來了，因為每次笑出聲音都讓我肚子的傷口劇痛。幹掉我吧！讓我痛快得死反而是幫了我。我笑不出聲音，但出盡全力把笑臉擠出來，準備好接下來致命的一刀。將會更痛，但一切將變得更短暫！

他已經氣到臉紅爆青筋，高高舉起手中的刀子，我撐住臉上的笑容，要他不要中途放棄。

但還是令我失望了！

千鶴對他大聲叫住：「海棠！」

我看到一個人從發出京戲聲的房間走出來，他一身絲質的黑長袍，面帶微笑，邊走邊說，「一路玩意，驚動一路主顧；一路宴席，款待一路賓朋……」，我看他來到我面前，彎下腰來看我，接著我因為剛才用力死撐而耗盡體力的緣

故，虛脫地暈了過去。

等我醒來，發現肚子上的傷口已經包紮好，耳邊還是京戲的唱聲不斷，綁在身後的雙手已經鬆綁，我慢慢抬頭一看，幾乎不敢相信自己的眼睛，我閉上眼將頭用力搖了一下再看一次，坐在我面前的人是……『黑蛾』！

黑蛾倒了一杯熱茶拿到我面前，「受苦了，喝口茶！」

我親眼在醫院的停屍間看過鐵輪和黑蛾的屍體，難道是人有相似？

「眼睛不要睜的這麼大，先喝口茶。」

我還是無法克制內心的驚愕，一時毛骨聳立，他是人是鬼？用發抖的雙手接上他拿到我面前的茶杯。

難道我現在是在夢境？

我喝了一口熱茶，嘗到被滋潤的乾喉嚨所帶來的舒適感，耳邊的京戲唱片聲依然不斷。

黑蛾：「三只金標壓綠林，甩頭一子震乾坤」

我接著說：「一口金刀安天下，南七北六第一人。」

黑蛾的眼角上揚了一下，似乎很訝異我能對的上，「當年康熙爺禦筆親提『俠義可親』！這是評書三劍俠裏的段子，訴說暗器高手——勝子川的詞句，現在已經很少人聽這種東西了，特別是你這個年紀的人。」

「你真的是黑蛾！」我的眼睛只有睜的更大。

「何以見得？」

「以前我每次去找你的時候，常聽你嘴裏哼著崑曲，那房間裏傳出來的唱片就是崑曲，人可以有相似，但不會連愛好都一模一樣，再次印證你是黑蛾！」我再說，「可是我明明見過你的屍體！」

黑蛾回蕩在唱片放出來的崑曲中，同時慢慢對我講訴：「我在醫院的第3天已經可以下床，我在半夜裏找到一個年紀，身高和我差不多的病患將他悶死，立刻照著我臉上淤青的部位，拿包著布的榔頭把他臉打腫，剪下與我相同的髮型，用刀刺上與我刀傷相同的部位，然後放到我的病床上，才離開醫院。等你到停屍間看到的，是一個和我一樣臉腫到難以辨認的替身。」

「你為什麼要這麼做？」

「因為當時潘漢年已經對我的身份起了疑心，開始要查我。我也需要將自己隱藏起來一段時間好好養傷，同時重新構思新的佈局。」

「那你為什麼抓我？」

「我只跟一流的特務打交道。」

我笑了一下說：「你應該抓盧山，她屢建奇功，還殺了千手，現在可是香港特務界裏的大紅人！」

「哼！」黑蛾一下沒了微笑，「你知不知道為什麼崑曲從民國開始，票就很難賣，因為它太『雅』，雅到只有內

行人才聽得懂。做一個特務，要是能求做到『精』，全世界沒人認識你，在這一行裏才能讓人佩服，就不枉此生。我對你的同袍盧山，只有不屑，她求的是揚名，而不是精髓，這種人永遠不能成為大師，她比你這種求為黨國的人，只有更劣。後生仔，看人看到底，看事要看得夠通透吶！」

「我非常受教，千手！」

黑蛾雙眼直直地看著我有半分鐘，再漸漸地笑出來，「你認為我是千手？為什麼？」

我先喝一口茶，然後說：「你怕潘漢年查你，可見你不是共黨。你破壞今天暗殺宋飛的行動，更不是國民黨。你能夠在醫院帶著重傷把金蟬脫殼做到如此細膩，如此完美，在香港的亞洲特務中，只剩韓國人和日本人，當我說到盧山殺掉千手的時候，你臉上肌肉所產生的表情是荒謬、看不起、不屑的，這種過多的反應，很多時候是在被人家中傷，或是受不了人家比你優越的時候才有的。我做出試探稱呼你是千手，你停頓得太久，那是因為你絕對想不到別人可以看穿。雖然你後來笑出來得很自然，但你停頓時瞳孔微微放大再凝固是無法遮掩的。千手，你坐得離我太近了！」

千手深深吸了一口氣說：「『讀心術』中的微表情肌肉局部分析法，這是中情局才有的課程，想不到楚山情報訓練營可以把你教的這麼好！」

房間裏的唱片唱完一面，唱針自動跳離唱片，整個房子

一下靜了下來。

「你說你只跟一流的特務打交道，你抓我到底是為什麼？」

「你比我想像的還優秀，你才這麼年輕，做為一個特務可以成熟得這麼快！我故意留下照片中有王麗的報紙；囚禁在廣州的日本特務也順著你們的盤問，承認王麗就是千手；我選擇王麗因為她的風格和我一樣喜歡冒險，如此費盡心思誘導你們走入把王麗當成是我路線，一切都這麼完美，卻在跟你談不到幾分鐘的情況下，一切都成了徒勞！吳正宇，我很佩服你。」

「在國、共兩方的前輩口中，你作為一個特務的水平，是我們望塵莫及的，該做的你也都做了，為什麼不回日本？」

「回日本我就沒有了特務的舞台，沒意思！」

「你可以為日本培養出下一代傑出的特務，這多麼有意義。」

「我做特務不是為了傳承，也不喜歡當老師，我要不停地在特務界中周旋下去，才能感到活力，才能有源源不斷的活力。香港有來自世界各地的特務，這麼小的一個小島，卻是全世界最大的間諜舞台，我希望老死在這裏。你要一個戲子隱退，還不如要他死在台上。」

我聽了以後低下頭，深深吸了一口氣，「看來這一點我

無法說服你。」

「不管怎麼說，你確實救過我，我應該謝謝你！但是你識破我是千手，縱然是唯一的一個，接下來我得重新佈局，不能讓你活著。」

我再次深深吸了一口氣，點頭說：「我明白！你名氣這麼大，能見你廬山真面目，我身為一個特務也不枉此生了，你下手吧！看在我曾經救過你，給我個痛快。」

千手笑了出來，慢慢地說：「真不怕死，還是個真漢子！不過還不是時候。」

我楞了一下，「那……告訴我你為什麼抓我？」

千手搖搖頭笑著說：「不行，你太聰明了！不過我答應你，殺你時候會告訴你。」

這時千鶴和海棠又抓了一個被蒙上黑頭套的人進來。

千手說：「把他帶進房裏，然後過來把虹鱒的手腳綁住。」

我一直看著這個被蒙住頭套的人，覺得他的穿著很像今天一起出來暗殺宋飛的其中一個同志，我故意說：「怎麼抓他這麼客氣，抓我就要給我一刀，這太不公平了吧！」，這麼說是要讓被抓進來的人聽到他有一個同志在這裡。

千手笑說：「我見過你的身手，不得不讓他們先給你一刀再帶過來。」

被抓來的人被帶入房間，千鶴在房裡拿繩子將他捆綁，

海棠出來也把我的手腳緊緊綁上。千手進房裏又把唱片重新唱起，再回到客廳叫海棠到客廳角落跟他說話。

千手捂著嘴在海棠耳邊說，我雖然想儘量去聽，可是唱片的音樂總是蓋過千手的聲音。

我看海棠一邊聽千手說，一邊變臉色，到後來對千手大聲吼了起來，「這個和我們當初說的不一樣，沒這種事！我不可能答應！……」

千手上前一步，遮住自己的嘴再對海棠說了幾句，海棠雙手用力把千手推開，力道之大，千手被推得差點跌倒。

海棠大罵：「你以為我是這麼好騙的嗎？不照原來的計畫，我們就一拍兩散！」

千鶴聽到外面有吵架的聲音，跑出房間來到他們兩人面前，海棠指著千鶴大聲說：「他要改變計畫，你是不是也是這個意思？」

千鶴朝千手看去，「為什麼要改變計畫？」

千手又用手遮著自己嘴，要靠近千鶴耳邊說話，千鶴把千手推開，「有什麼話當著大家面說清楚，不要讓海棠以為我跟你之間有什麼他不知道的。」

千手指著我，「他不能聽到呀！」

千鶴：「我早晚會殺了他！」

千手還是走近千鶴要說話，千鶴立刻又說：「就在海棠面前說！」

千手轉身嘆了一口氣，指著我說：「把他也帶進房裏，我們在客廳說。」

千鶴和海棠過來一起把我抬進房間，把我放在一張椅子上，再戴上頭套。

我在被戴上頭套之前，看到剛剛被抓進來的那個人依然蒙著頭套，在另一張椅子上。

我知道外面的千手必定會花上一點時間和千鶴與海棠說話，但不知道要多久。我忍著肚子傷口的疼痛，蹲起來憑記憶往另一個人靠過去，一碰到他之後，繞到他背面試圖去解開他的繩子。

我花了大概2分鐘，放棄了，繩子綁得實在太緊，只能用刀割斷。我用力一直甩頭，把頭套甩動了一點，露出嘴巴，過去把他的頭套咬住，往上抽掉，他現在應該能看到我了！

唱片的聲音不小，聽不到他們三個在外面談到什麼程度，只能偶爾聽到有人憤怒叫喊，看來他們的談話仍在繼續。

我的頭套也被他咬住抽掉，他的確是今天要一起暗殺宋飛的其中一名國民黨特工。

我四周看了一圈，房間裏只有一張小床和一部唱片機，還有一個小茶几上有幾張唱片。

我小聲告訴他：「把唱片拿出來折斷，割開繩子。」

他緩緩一點一點得跳過去，拿了一張唱片出來，放到床上，用棉被蓋住，慢慢用力往上坐，再打開棉被，唱片被他

坐碎成好幾片，他拿起其中一片，我們兩人背對著背，開始割我手上的繩子。

我手上的繩子終於被割斷，也割破皮流了不少血。我拿過他手中的唱片碎片，也開始割他的繩子，割斷以後，再從床上拿過另一片碎唱片給他，我們兩人趕緊割自己腳上的繩子，臉上因為過度緊張流下的汗水不斷滴到地上。

我們兩人割得又用力又快，一定要在他們再進房間以前把腳上的繩子割斷，這時候唱片又唱完了一面，唱針自動跳離唱片，音樂停止。

我們兩人嚇得臉色發白，我加快割繩子的速度，他看了我才回過神來，同樣加快割繩子的速度。我們同時聽到外面吵得很大聲，海棠大聲地說：「我不幹了！你們兩個自己玩吧！不過我告訴你們，你們欠我一次！」說完聽到開門的聲音，接著一聲槍響。

千鶴大叫：「你為什麼殺他？」

千手：「我們事先就說好，這次行動都聽我指揮。」

千鶴激動地說：「他這麼說也沒錯啊！你要主導、我要錢、他要人，你這麼一改，要他怎麼放心？讓我勸他就好了呀！」

「我是主導，你們要的一定拿得到，但是要聽我的。」

接著一片安靜，我們兩個幾乎是同時把腳上的繩子割斷，過了沒多久，我們看見千鶴踏進房間那一剎那，又是一

聲槍響，千鶴的後腦噴出血花，上半身子趴進房間地上。

我們兩人流出冷汗，心裏有數，千手進來的時候，他必會朝我們其中一個開槍，另一個就必須衝上去打倒千手。誰也猜不到千手會朝誰先開槍，各安天命！

我們兩人盯著房間門口，緊張到開始喘氣，喘到心臟越跳越快。

千手沒有進來！他抓住千鶴在房門外的下半身，往外拖出去，還沒看到我們。

我們兩互相看了一下，馬上走近房門口，我在他身後，他靠在房門邊往外偷偷看了一眼，立刻撲上去，我也跟著立刻撲上去，忍著肚子傷口的疼痛，不要命得撲上去！

兩個槍聲，都沒打在我身上，他全身抱住千手，連千手的雙手都被他抱住，我一上去就使命不停地往千手的頭揮拳，一直打到千手滿臉是血，再朝千手的脖子猛劈，直到我認為千手不可能還手為止。

我把國民黨特務從千手身上推開翻過來，剛才他朝千手突如其來的速度太快，千手來不及舉槍，兩槍都打中他腹部，命是保下來了！

我整個人放鬆下來，看到自己肚子一大片血，才感覺到說不出口的疼痛，抱著肚子倒在地上。

1964年，中共首枚原子彈於新疆羅布泊成功試爆，震驚全世界。在此之前，持有原子彈的國家只有美、蘇、英、法。

1950年至1970年間，臺灣突襲大陸共計127次，並且頻頻與東南亞和非洲小國建交，提供農耕技術與資助，在聯合國中獲取中華民國穩定票數。直到1971年10月25日，聯合國大會決議「中華人民共和國在聯合國擁有的中國席位與代表權」，臺灣宣布退出聯合國。

1966年5月中華人民共和國開始「共產黨無產階級文化大革命」，簡稱文革。

1972年，美國總統尼克松訪問北京。

1976年10月，長達十年的文化大革命結束。

和我一起撲向千手的人代號『古井』，他是蔣經國親自挑選潛派到香港的特工，屬藍先生下線。

　　宋飛從啟德機場到美國領事館的路上，只啟動了一顆炸彈，炸掉的那部車不是宋飛的駕座。

　　3個無線遙控炸彈，3個啟動器。一個被千鶴拿走，一個本來在古井身上，古井被綁走的時候，被海棠拿走。

　　海棠是國民黨特務，4年前變節後在香港失蹤。

　　我再遇到婉俞的時候，她總是面帶怒容不看我一眼，或許千手說的是對的。

　　藍先生撤回臺灣的日子越來越近了，他在晚上的時候找我到山頂，我們俯視整個香港的夜景。我看香港真是小，卻隱藏有世界上最多特務的地方，不可思議！

　　這本是中國的領土，卻被英國強占，為了新中國，為了共產黨，我必需要永不止息得與來自各國的特務周旋下去！

　　藍先生：「肚子的傷怎麼樣？」

　　「已經復原了不少，沒徹底復原以前，只能吃流質的東西，醫院給的罐頭和清粥，我都吃怕了！」

　　「再忍一忍，多忍一天，就多接近可以吃米飯的那一天。」藍先生抽了一口煙接著說，「兩岸的情況有變，臺北要調回大部分特工，跟我一起過去，到臺灣以後繼續幫我做

事，做個小官，把你媳婦也帶去，生活也相較安定些。」

我看了藍先生一下，「到了臺灣，我一個月能有多少錢？」

當然沒有你在香港多，可是臺灣能給你的安定生活，是你在香港沒有的。」

「到了臺灣，你不怕共產黨打過去？」

「有美國人在太平洋壓著，不會。臺灣要打回大陸，也很難。」

「在臺灣當個小官，官場裏又是另外一套，你讓我考慮一下。」

「我們很快就要撤了，別考慮太久。」

想不到藍先生會自己跟我提出來！

我故意考慮了5天才告訴藍先生，我願意帶媳婦一起去臺灣。

藍先生非常高興，第二天就告訴我他已經幫我和媳婦安排好去臺灣的機位，也安排好在臺灣國防部情報局的職位，他還親自到林廣三那裏談了好幾天，用1萬港幣把我「買走」。

去臺灣的行程也非常保密，藍先生在我們要出發的前3天才告訴我。

我把三合會在賭場和妓院的帳簿，親自送到林廣三面

前，雖然林廣三一肚子不爽，還是說了一句：「有機會回香港過來看我。」

出發去臺灣的前一天晚上，藍先生開車送我回家，車子停到我到家門口，我說：「天都暗了，進來吃個便飯再走，我們小喝兩杯。」

藍先生：「弟妹在，方便嗎？」

「你來什麼時候都方便，我們能在香港一起喝酒的機會就剩下今天了，粗茶淡飯的，隨便吃點！」

藍先生笑了一下點頭，把車子熄火下了車，進門前點上一根煙。

我拿鑰匙打開門，藍先生說：「我在外面抽完煙就進去。」

他站在窗外抽煙，我隔著窗口和他聊著，一邊把桌上的報紙和凌亂的雜物整理一下。

我代號「海風」的媳婦在廚房裏洗菜，水龍頭的水聲，蓋過了我和藍先生說話的聲音，只聽到我開門和關門的聲音，並不曉得藍先生也一起回來。

海風把菜洗好，從廚房出來看到我，站在大門邊說：「我們今晚必須把我們明早出發去臺灣的時間發送出去……」

海風看我的臉色驟變，她感到不對勁沒有再說下去，再看我的眼神轉向窗外，海風聞到一股煙味從窗外飄進來，她

意識到窗外有人，看我站著說不出話，臉色也變得難看，立刻明白出了什麼事，她的臉色轉綠，越來越不知所措。

我看藍先生想了幾秒立刻掏槍，我也馬上掏槍，海風跳到客廳拿桌下藏的槍，藍先生看到海風的動作更大，自然反應選擇先對海風開槍，射中海風脖子，在那同時我射中藍先生心臟，我整個人向前衝，上半身摔到窗外，馬上再對倒在地上的藍先生又開出5槍，直到打空彈夾射不出子彈為止。

我跑到海風身邊，看見海風脖子湧出大量鮮血，我抽掉一旁的桌布壓住海風的脖子，抱起她就往門外跑，一看到黃包車就跳上去，「去醫院，趕快！」

到了醫院，海風馬上進入急診室動手術，我在急診室外滿手、滿身都是海風的血，腦子裏想著要如何對黎師長解釋，如何對保密局的人解釋。

唯有說成是共黨特務的報復行動，才過的了關！

不管如何，明天一定要上飛機到臺灣！

凌晨5點，我到海風病床前，見她脖子被緊緊包紮，一臉死灰，還在昏睡。我伸手摸了她的脈搏，非常微弱，我把她抱上輪椅，感覺她全身猶如一攤死蛇，又軟又垂。

我一手拿高點滴，一手推著輪椅，好不容易避開值班的護士，把海風推到醫院大門，抱她上了汽車，開往機場。

到了機場，黎師長已經等在那裡，他看到我和海風，「你們的行李呢？」

「不管行李了，人能上飛機就好了！」

　　機場的人推了一個輪椅過來，我把海風再抱到輪椅上。還好他們先讓黎師長上飛機，黎師長讓我們一直跟著他，不然擠在那堆吊頸嶺的人群中，抱著海風又推又擠的真是上不了飛機。我們上了國民黨的軍用機，噪音非常大，我懷疑這是不是美國淘汰的軍機送給臺灣的。

　　飛機在空中的時候，海風的傷口承受不住氣壓，出了不少血，點滴在降落前半小時已經滴光，我擔心海風能不能撐到臺灣。我沒有宗教信仰，這時候心中不知道該向哪個神明呼求，我只能抱住海風在她耳邊說：「撐住！撐住！快到了……。」

　　飛機終於降落在臺北的松山機場，黎師長出面幫我要求將海風立刻送到醫院，一路上我看海風的臉色更加死灰，不知道她能不能撐得過今天？

　　海風的命撿回來了，可是從此不能說話，藍先生那一槍雖然沒要了她的命，可是打穿了她的聲帶。

去臺灣之前，風車曾要我到香港摩臣山道26號，那是我黨在香港的對港辦事處，去見由保密局封號『魔手』的萬景光同志。

萬景光同志告訴我，我方在臺灣的最高領導人潛伏在臺北國防部，代號「老鄭」，到了臺灣以後老鄭會和我聯繫，對我發布指令。

我和黎師長到臺灣的第二天，國防部的專車來接我們到國防部大樓去見國防部長俞鴻鈞與情報局長張炎元。當晚，張炎元擺席為黎師長和我洗塵。5天後我進入情報局開始在藍先生為我安排好的職位上班。

　

到了臺灣九年，金門與福建沿海徹底停火，我和海風生了兩個女兒，自從看到第一個女兒的出生，觸碰了我對新生命的感動。第二個女兒出生後，我暗自對自己許下諾言，為了兩個女兒，我不要再回到過往特務的生活，我要做一個普通老百姓，為維持和守護這個小家庭而活，終止以往違背人性，違背人倫的生命。

白天我在國防部上班，海風在家看孩子、做飯，我每天晚上六點左右回到家，桌上有熱騰騰的飯和妻子與女兒等著我，禮拜天我們常常到戶外旅遊，臺灣這裏小又秀氣的風

景，還有當地人的純樸，讓我感覺到這9年是我一生中最安定的時光，我不想再有任何變動；同時，我不自主地發覺自己正漸漸愛上海風，也感恩她可以和我一起組成一個家庭，我們一家四口能夠有這種小康的生活，由衷希望這樣的生活可以不變地一直繼續下去。

大女兒上小學一年級的那一年，也是內陸文化大革命結束的那年。

年底，整個國防部大樓都彌漫著迎春的氣息，我在辦公室裏披上外套，來到走廊的飲水機沖一杯熱茶，看見熟識的幾個同事都露出安定又親切的笑容對我點頭打招呼，打掃整棟大樓的工友陳伯也拿著熱水瓶慢慢走過來等在我身後要裝熱水。

「胡主任，您好！」陳伯非常客氣、卑微地說。

我轉頭看了他一下，「您好！陳伯。」

陳伯駝著背盯著飲水機和我手中的茶杯，不敢多說話，看起來像是自卑，自覺配不起我們這些當官拿豐厚薪水的人。

我說：「陳伯，臺北冬天濕冷，夜裏多穿件衣服。」

陳伯不敢看我，低著頭說：「是，臺灣不比老家，每到冬天濕氣就重。」

「陳伯，您老家是哪？」

「四川。」

我點頭，「嗯，好地方！」裝好熱水正要走開。

「到臺灣之前我在『楚山』待了幾年。」陳伯說。

我的瞳孔立刻放大，心頭猶如被插上一支長又銳利的鋒劍，無法動彈。我的靈魂像似一下被吸走，沒有了意識。我不願意的事突然地從空中籠罩，避都沒得避，全身僵硬，接著一陣頭昏，完全沒了知覺，一直到我手中的茶杯掉落地上，滾水和茶杯的碎片濺上我褲管，我都沒感覺。

茶杯碎地的聲音使走廊上的人紛紛朝我和陳伯看過來。

我依然動彈不得。

陳伯立刻放下手上的熱水瓶，快快走到走廊盡頭的儲藏室，拿了掃把和畚箕過來，一邊掃一邊說：「胡主任，您沒燙到吧？」

我幾乎無法呼吸，分不清自己是不願意還是不敢面對陳伯，我用盡全身的力氣扭轉了僵硬的脖子看向陳伯。

「胡主任，您沒事吧？」陳伯又問了我一次。

我已經有了家庭，有了孩子，我多麼想用自己一切所能維持這個家庭，永遠都不要有任何變動，我想看我兩個女兒長大，看她們讀書識字，看她們長大成人，一直到看她們出嫁。我也愛海風，我感到自己每天更愛她，越愛越深，我不想和她分開，想和她一起老去，永遠不要分開。生命裏不要再有風險，不想再有失去。

「胡主任！胡主任！……」

我僵硬的眼神直直盯著陳伯，終於，慢慢說出來：「我

沒事！」

　　陳伯還是那種卑微的表情，「沒事就好！沒事就好！」

　　我努力得讓自己冷靜一下，說：「陳伯，你說你到臺灣之前在哪裏？」

　　陳伯的眼珠微微地探了一下四周，依舊卑微地說：「楓葉同志，我是你在臺灣的上線，代號老鄭，我黨在臺灣的最高領導人。」

　　我的心臟再次被兇狠的劍鋒刺入第二次。

　　陳伯：「中央情報部沉睡了10年，我上禮拜才收到指令，我方在國防部與總統府內潛伏的人員全部啟動。」

　　我面無血色地看著「老鄭」，說不出話。

1975年至1976年，蔣介石、周恩來、毛澤東相繼離世。

1978年，美國總統卡特宣布與中華民國斷交，承認中華人民共和國。美國撤走駐臺灣領事館，隔年在臺改設「美國在臺協會」，屬民間非盈利機構。

1979年國共雙方完全停火，臺灣海峽爭戰休止。

1997年英國歸還香港，中華人民共和國接收後，潛伏港島內各國特務漸漸撤離。

2001年1月1日臺灣開啟「小三通」固定船班（金門－廈門，金門－福州，澎湖－福州）。

2008年，馬英九就任臺灣總統第4個月，開通中華民國與中華人民共和國直飛航班。在此之前，上海已有登記居住與未登記的臺商總人數過百萬，為臺灣總人數12%，其他商業大城在福建省、廣東省、北京等地的臺商人數持續相繼而起。2010年起，臺灣的大學畢業生開始到大陸應聘與創業。

要了解自己看來簡單，

真的去探索時花盡一生的時間也不夠。

眼前的意義是什麼？比眼前更重要的是什麼？

或許過程才是最重要的，必須有過經歷才能真正了解自己，

什麼是你真正在乎的，什麼是你真正會捨棄的。到那時候，

人們才懂得不再用眼，而是用心看自己，看世界。

感謝孫軍老師提供的寶貴建議，
此書才得以更符合時代背景地完成。

國家圖書館出版品預行編目

楚山 / 翊青著. -- 臺北市：獵海人, 2021.11
　　面；　公分
　ISBN 978-986-06560-8-4(平裝)

863.57　　　　　　　　　　110015131

楚山

作　　　者／翊青
出版策劃／獵海人
製作銷售／秀威資訊科技股份有限公司
　　　　　114 台北市內湖區瑞光路76巷69號2樓
　　　　　電話：+886-2-2796-3638
　　　　　傳真：+886-2-2796-1377
網路訂購／秀威書店：https://store.showwe.tw
　　　　　博客來網路書店：https://www.books.com.tw
　　　　　三民網路書店：https://www.m.sanmin.com.tw
　　　　　讀冊生活：https://www.taaze.tw

出版日期／2021年11月
定　　　價／350元